俺ではない炎上

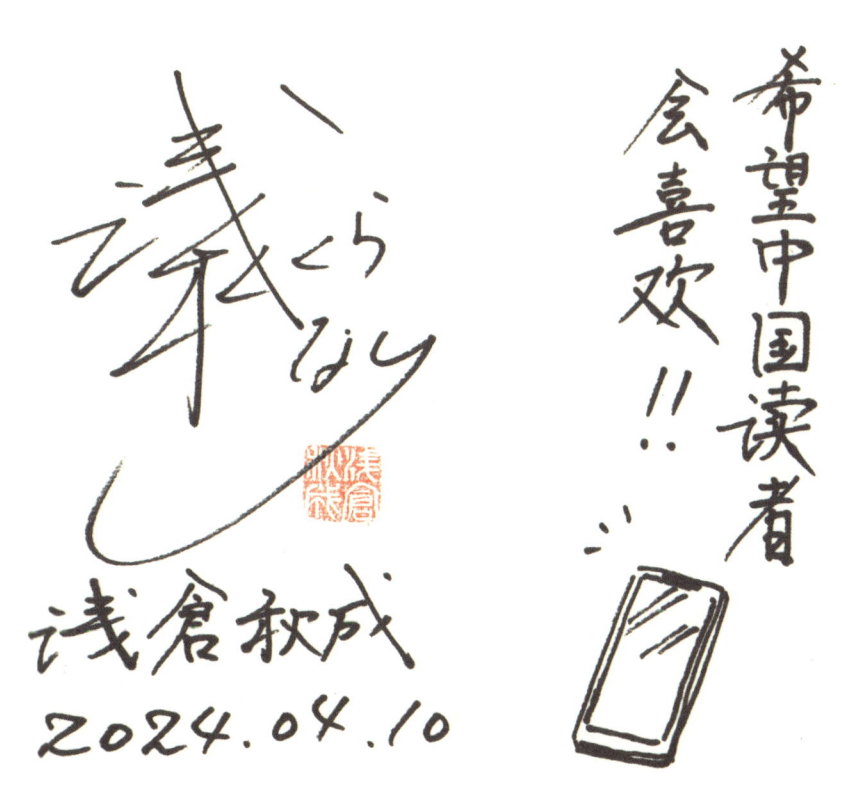

希望中国读者
会喜欢!!

浅倉秋成
2024.04.10

明明不是我！

[日]浅仓秋成 著
丁丁虫 译

广东旅游出版社

堀健比古	山县泰介	住吉初羽马	山县夏实	堀健比古	住吉初羽马	山县泰介	堀健比古	山县夏实	住吉初羽马	山县泰介	堀健比古	住吉初羽马	山县夏实	山县泰介	山县泰介
312	306	297	293	285	277	269	262	255	249	238	228	221	214	202	192

目录

住吉初羽马 001
山县泰介 016
山县夏实 050
山县泰介 057
堀健比古 077
山县泰介 097
住吉初羽马 118
山县夏实 126
山县泰介 130
住吉初羽马 137
山县夏实 147
山县泰介 154
堀健比古 163
山县夏实 167
山县泰介 183
住吉初羽马

住吉初羽马

这个是真的。

他花了足足 30 分钟才确定。切好十字口、精心烤好的早餐吐司,还有用滤纸滴滤的咖啡,都已经彻底凉了。必须马上出门去赶第二节课的念头不知不觉也消失在意识中。

初羽马不断点击、滑动,意识到自己的预感正在慢慢变为确信。

怎么使用互联网、怎么不被假新闻欺骗、怎么区分段子和事实,没人传授这些经验,但电脑和手机用得越多,越会自然而然地掌握这些技能。满是文字的 YouTube(视频网站)视频、×天就能瘦×斤的魔法减肥药、转发就能赚钱的梦幻广告活动,如果非要追问为什么这些不可信,初羽马也无法很好地表述理由。总之,就是有点可疑。即使喷上除臭剂、洒上芳香剂也掩盖不了,总会有类似大便臭味的可疑恶臭隐隐冲击鼻腔。

但是这条……初羽马被手机屏幕上的画面吸引。某个社团里的朋友在Twitter（社交网络平台）上引用了这条消息，评论是："这个好像是真的？"目前只有26条转发。从当下的状况来说，就算再怎么粉饰，距离上热搜或者可以说火了的程度也相去甚远。但是考虑到这个账号的粉丝只有11个人，倒也可以说转发数的增长相当异常了。

"血海地狱。真的和鱼不一样，味道太大了。食欲减退，估计好几天不吃东西。"

12月15日，晚上10点8分——昨天晚上发的这条推文，附了一张照片。

那可能是晚上的公园。照片整体很昏暗，难以辨认情况，不过照片深处隐约透出类似街灯和公共厕所的东西，让初羽马认定是公园。照片下方拍到了一名女子，正横躺在地上。没拍到脸，不过她身穿短裙，大衣也是年轻人风格的淡蓝色的，估计是十几二十岁的年轻女子。敞开的大衣里面露出白色的羊毛衫，腹部有一大片污渍，看起来像是黑黑的墨汁，但如果把图像亮度调到最高，就会发现那是红色的——是血。溢出的血液淌到地上，化为血泊。她的身上并没有插着凶器。胆战心惊地放大腹部图像，分辨率很快就调到了最大。不过，望着那宛如马赛克般的红与黑的轮廓,初羽马脑海中隐约浮现出一幅栩栩如生的刀刺影像。

哕——某种东西冲上初羽马的咽喉。他挪开视线,看到鲜红的草莓酱在凉掉的吐司上闪耀着光泽。初羽马再次挪开视线。他没有受虐的爱好,也忍受不了可怕的视频或图像。不要说血腥电影,就连少年漫画那种程度的残暴描写,他也宁肯跳过不看。他对这张照片本身毫无兴趣。实际上,如果有可能,他根本不想看。

但初羽马的目光还是被吸引回照片上。这张照片可能揭开了某起严重案件的一角,而他可能找到了最初的火种,因为现在只有26条转发。就像是在路边看到有人打架的时候,飞驰而来的救护车就在眼前停下一样,那种不合时宜的兴奋和临场感,让他的血液循环不断加快。

这条推文的后面一条内容是这样的:

"用肥皂洗了手,味道完全很大。人类真是厉害。"

再后面,也就是最新的一条推文,附了一张手指的照片。苍白,了无生气。

"顺利的处理完垃圾。第一个人的时候其实也应该拍点照片。考虑要不要拿去'往前入勿动'。"

虽然其中有些地方不明白意思，但初羽马没有在这一连串的推文中感觉到编段子——也就是"钓鱼"——的迹象。

账号名是"泰介@taisuke0701"，头像是草地上的高尔夫球的照片，个人资料只填了简单的自我介绍，写的是"当下想结识高尔夫球伴"，完全感觉不到低级的自我表现欲，不像是什么东西都要放到网上炫耀的人。如果这是刚注册不久的账号，倒可以认为它是故意通过发布恐怖性的内容吸引流量，很快会把所有内容都删除。但这个"泰介@taisuke0701"已经注册十年了，显然不是只想享受一次快乐的用完即抛型账号。

这个账号以往的推文虽然也很少，但很有生活感。注册后不久——也就是十年前——介绍了不少自己感兴趣的高尔夫用品，也零星说过几次想找一起打高尔夫的同伴。过了一两年，个人独白逐渐消失，只剩下"转发抽奖"之类的广告宣传推文。

从这些变化中，能感觉到很自然的人类气息。一开始想要努力展示自己的生活，但与社交媒体并不契合，于是逐渐转向只有实际利益的操作。直到三个月前，才开始重新捡起久违的自我展示，发的内容极其简单。

"最近很烦，烦死了。"

文字很短。正因为很短，反而透出奇异的真实感。

个人生活中的忍耐已经到了极限，于是再也控制不住，想要发泄不满。结果就是多年之后重新在社交媒体上发了信息。像这样的故事可以被清晰地勾勒出来。

初羽马当然也知道近年来照片加工技术发展迅猛。不管照片看起来有多真实，都不能保证它不是加工出来的。不过这个账号太不起眼，不值得费心费力打造一张恐怖的图片。只有11个粉丝，扩散能力太低，可能根本成不了话题。而且所附照片构图很粗劣，作为照片来说太简陋了，让人体会不到精心设计骗局、欺骗大众的气势，也感觉不出在照片的刺激性和冲击性上下过什么功夫。虽然拍得确实残酷又危险，但实在撩拨不起观者的欲望。

思考完所有的可能性，初羽马能得出的结论只有一个：

一个越来越烦躁的人，因为某种动机真的杀了人，也真的拍了尸体，然后，发到了网上。

不知道是因为粉丝人数少而满不在乎，还是认为就算上了热搜也没什么大不了的。无论如何，这是真的。社团的朋友估计也是基于同样的判断才决定转发的吧。

"这个好像是真的？"评论看似轻描淡写，但朋友并不是那种草率的人，不会看到什么可信度不高的消息就轻易转发。他非常了解网络上的琐碎行为有可能对现实的人生产生巨大的影响。如果被不明真伪的消息鼓动，给造谣诽谤推波助澜，受伤害的终究会是自己。

初羽马的手指慢慢被转发按钮吸引过去。

要把案件曝光在青天白日之下——相比于这种美丽的正义感，更大的动机在于虚荣心。初羽马期待自己能够见证世纪之瞬间，以及希望让它成为所有人都明白无误的证据。转发数依然是26。假如转发数已经过了10000，那自己肯定会毫不犹豫地忽视它。因为信息已经过期了。误了大篷车还要恋恋不舍地追在后面，没什么比这更蠢的了。但是现在不一样，现在还能把自己的名字刻在第27位。对于这条可能会扩散到1000人、2000人，甚至10000人、20000人的信息来说，第27个转发，其价值不亚于化学界发现了新元素。

初羽马的粉丝数有1000多，既有同年龄层的女性，也有在自身领域小有名气的新锐IT博主。他不想让这些他好不容易获得的粉丝认为自己没有常识。直接转发刺激性的照片并不明智，因而他和朋友一样附上了自己的评论。

"【阅览注意】感觉这个不像是开玩笑，可能应该报警。"

转发后，他飞快地重读了四遍，终于认定自己找到了一个不错的转发方式。很快，一个个点赞和转发开始出现，就像是装满沙子的沙袋上开了一个口子。自我肯定感填满了心口，像是自己开的店铺里客人排起了长龙。转发的判断果然没错。

初羽马怀着完成一项工作的满足感，从屏幕前抬起头来，这才发现时钟的指针早已过了预定的时刻。他慌忙把凉透的吐司和咖啡塞进胃里，抓起包，突然又想起头发还没梳好。他用发蜡抹了抹蘑菇头，跑到停车场的黄绿色混合动力汽车旁。平时他一般乘电车上学，但因为是乡下，只要错过一趟车，下一趟就要等好久才来。

"一个人住在乡下，车是少不了的。爷爷给你买。"

他一边感谢爷爷送了自己一辆不错的二手车，一边发动引擎。迟到20分钟后，他溜进课堂，成功完成签到。在校园里的便利店买了午饭，直到推开社团活动教室的门之前，那条推文已经完全被他抛到了九霄云外。

"初羽马，不得了，那个就在旁边。"

"什么东西？什么那个？"

"就是山县泰介啊。"

"……谁啊？"

"哎？后来你没看？就是你转发的杀人犯啊。"

听到朋友这么说，初羽马的兴奋感顿时苏醒过来，就像解除了暂停一样。仅仅几个小时，事态便呈现出令人难以置信的发展。初羽马也收到了大量点赞的通知。急速的发展让他来不及处理信息，立刻跳到了介绍事情经过的汇总网站上。

那条"血海地狱"的推文，最终获得了115000次的转发，转发量增长速度十分惊人。不用怀疑，这就是"火爆"状态。也就是说，那么多人都把这条推文当作真的。不是开玩笑或者骗流量的炒作，那很可能是真正的谋杀案。

事情扩散到这个地步，当然会有特别小组出动。这个账号的主人，做出这种残酷行径的畜生，到底是谁？如果一切都是精心设计的骗局，那也太恶趣味了。谁在网上散布这样的"毒药"？所有人都在尝试依靠仅有的信息，揭开"泰介@taisuke0701"的真实身份。

首先被查明的是照片的拍摄地点。

照片很不清晰，但连初羽马也能大致判断出是在公园拍的。不过拍到的人造物只有路灯和公共厕所，而女子横躺的地上也没有什么特征，应该无法确定位置——至少初羽马这么认为。

"好像是这个公园。角度有差异，但厕所的外墙和街灯的位置完全一致。"

把全日本的公园从北到南一个个检查过去，最终找到确定的地点——这方法太不现实了。大概是有人恰好发现它和自己熟悉的公园有共同点。无论如何，他们确实依靠极少的信息找到了公园的位置。发消息的人附上了谷歌街景的截图，证明两张照片拍的是同一个地方。就连初羽马都敢断言，推文展示的公园确实就是拍摄地点。但地点曝光之后，紧接着又有另一种惊讶包围了初羽马。

"万叶町……不是就在附近吗？"

"所以说啊，就在旁边。"

倒也不至于走路就能到，但从初羽马的学校到那座公园，步行也只需要四五十分钟而已。因为是在二线城市，不知道能不能叫"高级住宅区"，但万叶町肯定是县内屈指可数的住宅区。气派的门楣、宽敞的前院，还有高级轿车一字排开的景象，初羽马很容易就能想象到。

在网络另一侧的遥远世界中发现的谋杀案，突然间有了熟悉的轮廓，这让初羽马震颤不已。咬咬嘴唇，就像冻伤了一样冰冷。他暂时拉开自己与手机屏幕的距离，看了看房间的空调是不是在正常工作。

紧接着，人肉搜索队曝光了"泰介@taisuke0701"的公司。

证据是十年前的推文，和"自豪的高尔夫球包"的留言一起发布的照片。有人仔细检查发现，高尔夫球包挂的钥匙链上可以看到一行小小的文字——"大帝住宅：五十周年纪念赛"。无关人士应该不大可能持有这种五十周年纪念赛的钥匙圈。那么账号的主人是大帝住宅的员工？就算不是，也很可能是和大帝住宅有业务往来的人员。

既然如此，调查之手几乎半自动地伸向了距离万叶町公园现场最近的大帝住宅办公室。于是人们很快发现，大帝住宅的大善支社距离公园仅仅几公里，而且一看主页上刊登的信息便能得知大善支社营业部部长的名字正是"泰介"。

营业部部长，山县泰介。

主页上刊登着全名、照片，以及简单的问候语。

"我们的目标是建设与各位居民密切相关的住宅。在'衣食住行'四者中，住房尤为重要。实现大家的梦想，是大帝住宅的使命。无论何时，都可以向我们咨询。"——在这段平淡无奇而又温暖人心的话语下，山县泰介用如下内容结束了自己的问候。

"我也住在大善市万叶町。这里离我喜欢的高尔夫球场很近，我打心底喜欢这座城市。希望和大家一起建造理想的家。"

抛开这次的一连串骚动，用中立的眼光去看，山县泰介其实是个很英俊的男人，头发剪得很短，正是那种大型住宅公司销售人员的典型形象。脸型也很端正，面长可以说是理想型，眼睛里有种让人联想起古典明星的力量。他穿的西装很贴身，领带的花纹也很优雅。从刊载的进公司年份推算，应该五十多岁，不过单看照片还是显得很年轻，体形也保持得很好。脸上的笑容很真诚，同时又让人感觉到他内心的坚强，有种令人信任的气质。如果自己想盖房子，确实会有放心交给他去盖的感觉。

大帝住宅，大善市万叶町，高尔夫，名字叫"泰介"。

看起来很有可能，不过还不能完全确定——但即使是这样的谨慎人士，在看到"泰介@taisuke0701"以前发的一条推文时，也不得不得出结论。那条推文写的是"院子里的花开了"，附的庭院照片和街景照片中找到的挂有"山县"名牌的万叶町庭院一致。

那个账号，"泰介@taisuke0701"的主人，就是山县泰介。

"您好啊山县泰介先生，确定逮捕了哟！""这是给山县泰介先生人生结束日的纪念回复。""您为什么以为自己的杀人炫耀不会暴露呢？请接受应有的死刑惩罚吧。"

"泰介@taisuke0701"收到了大量回复，但没有做出任何回应，只是逃跑般地注销了账号。大部分人认为这并不是Twitter官方强制注销的，而是账号主人自行操作的。个人信息的暴露让号主急于逃跑，这让案件的可信度又上了一个台阶。当然，即使注销账号，以往内容也不会像幻影一样消失。心思缜密的人早就设置了爬虫，把账号的旧推文事无巨细地复制下来。"泰介@taisuke0701"已经不会被遗忘了，永远不会。

那么万叶町公园呢？最重要的尸体在哪里？难道尸体是伪造的？

好几组YouTuber（视频网站上的视频创作者）说即将前往现场调查。不论好坏，至少他们既有闲暇又有行动力，也有不少人向警方举报了那个账号。此外，关于那条自言自语中的谜之词句"往前入勿动"，网友们也正在探讨它的含义——这就是当前热搜骚动的经过。

初羽马看完过去几个小时的事件发展，不禁目瞪口呆，连买来的意面沙拉都忘了开封。他转发"血海地狱"这条推文本是出于自我表现欲和好奇心，但到这时他才终于意识到，握在掌心的一连串事件并非什么刺激性的话题，而是悲剧性的事实。那很可能不是合成照片。既然不是合成照片，那么很显然，事实就是，某处有一名女子被杀害了。不合时宜的兴奋，逐渐变成对山县泰介那个人的痛恨。

"还没逮捕吧？"初羽马自言自语般地说。

"马上就要逮捕了吧，有这么充足的证据。"朋友回答说。

"……有点太过分了。"

"太过分了。"

社团活动教室的门被推开了，在初羽马之前第26个转发"血海地狱"推文的朋友进了房间。初羽马和他简单打了个招呼，然后问他怎么发现那条推文的，朋友一边用空调的暖风烘手一边回答："是我关注的一个杂文bot（robot的简称，即机器人，指网络上不输出带有感情色彩的主观评论，只推送信息和自动回复的账号）转发的。粉丝数很少，但是百分之百回关，所以可能偶然看到了那条奇怪的推文，手动转发了吧，具体情况我也不知道。"

原来如此。初羽马接受了这个说法，抬头发现教室里六名社团成员已经到齐了。现在可以开始他们所谓的"午餐会议"

了，不过原定的议题——"忽视年轻人的选举制度之缺陷"，是不是应该让位给另一个议题？这个想法掠过初羽马的脑海。"怎么说呢，今天咱们还是讨论另一个主题吧？"对于领导人初羽马的提议，没有一位成员表示反对。

日益老龄化的互联网犯罪行为和残酷行为。

他在白板上写下议题，同时回想起躺在地上的女子的身影。她是什么人，生前长什么样，眼下没有办法调查，就连想象都很难。但如果照片是真实的，不是山县泰介的创作，那就意味着一名年轻女子的生命被强行剥夺是无可辩驳的事实。尽管那是素未谋面的陌生人，却让人有种确切的、沉甸甸的失落感。女子苍白的指尖在脑海中闪过。手指像是要抓什么东西似的，僵成半当中的形状。她那沾满泥土的手指想要抓什么呢？未来的可能性？希望？愤怒？生命？想着想着，初羽马心中的愤怒骤然化作熊熊火焰。

山县泰介必须受到应有的惩罚。

他必须偿还自己的罪恶。

看看时间，中午12点22分。今天是周五，大部分上班族应该都在忙着工作。山县泰介现在正戴着什么样的表情面具工作？是不是正在微笑着接待寻求新居的人？或者因为自己的推文扩散到超乎想象的程度而终于感到了不安？还是已经被警察带走了？

初羽马又在手机上仔细看了一遍山县泰介的相貌。

他感觉自己慢慢看透了那副貌似诚恳的面具背后潜伏的凶残、异常与嗜虐。

 实时检索：关键词"山县泰介"
12月16日12时23分　过去6小时 71112 条推文

 美雪妈妈☆育儿奋斗中
　　　　　　@miyumiyu_mom0615

【求转发】有个账号暗示自己杀了人。身份已经确定，估计很快就会被捕，但请周围的人多加小心。链接地址处有照片，一旦发现建议报警。

> 【速报】尸体照片上传者身份曝光！本名山县泰介，大帝住宅员工，现居大善市

 三大爷
　　　　　@jch_333

以为自己不会败露吗……太小看网络世界了。我以为Twitter是个蠢小子发现器，结果现在时代反过来了，都是上了年纪的人在犯傻。

> 【速报】尸体照片上传者身份曝光！本名山县泰介，大帝住宅员工，现居大善市

出路
　　@dejiiiin96

这次有点像是真的,不过最好还是先让子弹飞一阵子。这里先引用一下总结,不过最好别太掺和这种事情。

【速报】尸体照片上传者身份曝光!本名山县泰介,大帝住宅员工,现居大善市

津羽见酱认真恋丸
　　@alalala_tsuwami

网友:"杀人案!现场在万叶町第二公园!凶手是山县泰介!大帝住宅的员工!快去逮捕他!"
警察:"……这个,我们现在去调查一下……"←无能。

山县泰介

"既然是海边的展厅,基本概念就是度假村。"

如果是夏天,可能确实会有度假的感觉,但在12月的海风面前,所有的设计都被寒冷吞噬了。丘陵状海岸线的山脚位置仿佛也助长了风的强劲。每当有风吹过,泰介的耳朵和鼻头都会诉说自己的痛苦。开幕时间定在来年1月,本应控制一些夏日的装扮,然而从种植的植物所营造出的氛围,到木栈道风格的通道,一切装饰都充满了热带风情。泰介一边后悔自己不该把外套留在车里,一边终于踏进了西肯Live株式会社准备投入使用的集装箱住宅。

"大帝住宅的几位老师,请来这边。"从本部来的研发负责人、泰介和部下野井三人并肩坐到沙发上。墙壁很薄,本来有点担心隔热性能,不过房间里很暖和。泰介轻轻吸了一下鼻涕,尽量没发出声音。

"这是资料。"

西肯的销售负责人青江一如既往地面无表情，在三人面前摆了一本小册子。

"和上次发给各位的相比，我们做了很大的改进，还请各位过目。logo（标志）也都换成贵公司的了。"

对于度假居所和临时住处的需求，有没有什么灵活对应的方案？对于高层提出的这个问题，研究开发部找到的答案，就是这种集装箱住宅。它不仅比木结构的房屋坚固，而且工期短、成本低，虽然作为长住的居所多少有些难以接受的缺陷，但作为度假居所却非常适合。多少有些不便之处存在反而营造出一种非日常的魅力。

西肯株式会社是从原本从事海上运输集装箱制造的公司西肯Live派生出来的子公司，大帝住宅与他们联手，计划作为他们的代理商来销售集装箱住宅。在全国铺开前，首先从大善市这个似乎存在潜在需求的二线城市入手，由这里的支社尝试销售。基于总部的这种想法，泰介参与了好几次与西肯的青江的商谈，不过这还是他第一次看到样板房。

他用脚后跟稍稍加力跺了跺地板，耐用性似乎没有问题，但响彻室内的声音比预想的更为沉重。部下野井吃惊地抬头仰望天花板，总部的研发负责人也略显不安地皱起眉头。实际销售的时候，有必要向顾客说明声音的问题。泰介这么想着，看到西肯的青江带着批评的神色瞥了他一眼。别太粗鲁了。泰介察觉到他的言外之意,挤出笑容说了声"抱歉"。

"我想确认下脚步声怎么样。确实有点响。"

"毕竟是集装箱,没办法。"

西肯的青江可能只是有点笨拙、不善言辞,但交流起来确实很生硬,这让泰介喜欢不起来。视线交汇时青江总是眯起眼睛,像是在表达某种不愉快,让人感觉很不舒服。大帝住宅既然是销售代理,本应该更为强势,然而青江似乎并不理解这一点。

虽然他在厨房泡了热咖啡,但从他递上纸杯的动作中感觉不出热情好客的意思。没给奶,也没给糖,泰介只能含一口黑咖啡,然后环顾室内,像是给它留个消化空当似的。

直白地说,就是把旧集装箱挖掉几块,装上房门和窗户而已,不过并没有想象中的简陋。声音确实有点响,但作为度假住处,倒也不用太在意,处理好地板和墙壁,就是很不错的房子。现在这样四个男人坐在里面也不觉得逼仄。夏天敞开玻璃门,外面的景色就会尽收眼底,确实是充满清凉和开放感的海边秘密基地,也有种私人专属的海滨之家的氛围,感觉不错。然而不错归不错,这个价格……

重新看了眼价格表,泰介又想叹气。价格确实比正常施工便宜,但这点价格差异,难以想象顾客会很欣喜。

"为了展示集装箱住宅也能用于日常生活,这间样板房的厨房、厕所等都是基于实际使用设计的。抗震性能也很好,稍作调整还可以组装成三层楼。这部分也希望在营销中体现。这间样板房采用的是度假风格,宣传册里还有粗犷的车库风格、儿童游乐室风格以及私人办公室风格的样本,请参考。"

泰介在青江的催促下翻开宣传册。

照片不错,但第三页的文字让他有点介意。

"青江先生,"泰介努力挤出笑容,掩盖不满的语气,但心底涌出的强烈诧异还是让他的眼神变得凌厉,"这里的描述没有修改,'献给一直对度假居所敬而远之的你'。"

青江眯起眼睛,瞪着泰介指的地方。

"之前应该也说过,'敬而远之'[1]并不是说房子高级、价格很高的意思。您也说正式版里会修改。还有这里,'展现独属于您的世界观','世界观'这个词严格来说含义也不一样,不过还能接受,但'敬而远之'实在有点……"

青江没有道歉,也没有辩解,只是面无表情地盯着宣传册,沉默半晌后,只说了一声"哦"。

真难沟通。

---

1 原文"敷居が高い"的直译是"门槛太高",但实际的意思是指出于某些缘故(比如欠了主人的钱)不好意思登门,所以泰介认为宣传册中不适用这个词。翻译成中文时对这个词做了调整。

"这点小问题不改也没关系吧。"研发负责人出来打圆场。泰介打断他,重新解释了一遍不能因为这是小事就放任的原因。可能对方会觉得自己太烦,但既然宣传册里用了大帝住宅的名字,那就不能敷衍了事。客人可能一辈子只会买这一次,回到家肯定会反复翻阅宣传册。诚然很多人并不在乎,但也有像泰介这样对误用成语很挑剔的人,他们会对小小的错误非常介意,甚至牵扯到对公司、负责人乃至商品本身的不信任。这句话很奇怪——直面顾客质问的是营销人员。泰介说自己也知道重新印刷宣传册既耗费成本又花费时间,但现在不修改,以后会更麻烦。

"前几天我和妻子、女儿说起西肯公司的集装箱住宅,她们都两眼放光。贵公司的集装箱住宅无疑是十分优秀的商品,"泰介直视青江的眼睛,露出充满自信的笑容,"哪怕为了多卖一间给客人,也要拜托您再修改一下宣传册,青江先生。"

青江又眯起眼睛沉默了一会儿,最后还是丢出一声"哦"。那不像是表示理解,而只是表示自己对这个话题不感兴趣似的。

"西肯的青江,你觉得多大?"

"年纪吗?"

泰介点点头。部下野井抱起胳膊想了想。

"三十多岁吧。感觉他比我小一轮,三十二三?"

泰介也是这么估计的。他可能还要年轻一点，总之，自己不是很喜欢这个人。他往餐后咖啡里滴着牛奶，等待不快的思绪消散。

商谈结束后，研发负责人说自己要马上回本部，在东内站下了车。泰介和野井两个人决定去附近的家庭餐厅吃午饭。时间是12点51分，本来应该很饿，但是吃了一盘量不大的意大利面就感觉饱了。刚才讨论的集装箱住宅打消了很多食欲。

"这事不好搞啊。"

"集装箱住宅？"

"没有说的那么便宜。而且……"泰介把搅拌咖啡的勺子放回杯托，"支社的年度目标是24套。"

"2、24？"

"总部的叮嘱。"

野井闭上眼睛，眉头紧皱。统管大善支社营业部门的是部长泰介，但实际销售集装箱住宅的是独栋住宅部门，这个部门的负责人正是课长野井，会头痛是很自然的。

"咱们的研发也够呛，不过青江更是……唉。"

野井露出苦笑，没有往下说。

苦笑也传染给了泰介。"该怎么说呢。"

"怎么说呢。"

"代沟吧。"

"这样可以吗？""能再调整一下吗？""如果稍微改下这部分会更容易销售。"——对于大帝住宅的一切要求，西肯的青江丝毫不作考虑，只是重复说"不行"。

"最近说这种话本身就会招人骂，但现在的年轻人真是不肯努力。"

"深有同感。没到三十五岁的都这样，太明显了。"

"不知道是不是教育的问题，一直都把'不行''不能''做不到'挂在嘴边。稍微遇到一点难题，马上就问'该怎么办'——我明白他们追求高效生活，这种态度确实也有很不错的地方，有时候我也很佩服他们很厉害，干得很好，但是，怎么说呢，他们生活的时代，什么都能在网上找到，结果就缺少基本的'动力'。要在社会上生存，有时候不干通宵就是不行，不往顾客那边跑上几百趟就是看不到。但是他们看不上这些踏踏实实的步骤，喜欢搞点小聪明……"

"咚"的一声巨响，店里刹那间安静了一下。

朝发出声音的地方看去，只见稍远处坐着四个年轻人，两男两女，大学生模样，看起来慌慌张张的，窃窃私语的样子反而更加引人注目。巨响似乎来自掉在桌上的手机，四人当中的一个正在急急忙忙地捡。司空见惯的景象让泰介毫无兴趣，正想继续往下说，但又忽然感到有点不对劲。

他以为是自己的错觉，但看起来不是。

他们在盯着自己看。

泰介先是嘲笑自己太自恋，但和四人逐一对过视线之后，不得不改变想法。没错，他们就是在盯着自己。是领带没系好，还是西装夹克上沾着枯树叶？泰介看了看胸口，没什么明显的异常。

"怎么了？"

"……我身上没什么奇怪的地方吧？"

"没有吧，怎么了？"

"没什么，就是那边几个人……"

泰介稍稍挪开身体，好去看那几个年轻人，结果又响起和刚刚一样的"咚"的一声。当然，这次泰介马上知道它是手机掉在桌上的声音，同时他也明白了手机掉落的原因，一时不知道说什么好。

他们想偷拍泰介的脸。

从他们的位置很难拍到泰介的正脸。不知道是想拍视频还是想拍照片，总之，他们在想办法拍摄，结果手伸得太长，手机滑落，掉在桌上。

既然看到了整个过程，那就不能不发声了。不知道那是毫无意义的一时兴起，还是年轻人之间流行的恶作剧，总之，对于无礼的行为需要提出相应的抗议。泰介起身向年轻人走去，但那四个人立刻站起来，快步走向收银台。"喂！"泰介喊了一声,他们也没停下。那几个人刻意回避泰介的视线,逃跑似的匆匆离开了餐厅。

他们结账花了点时间,本来可以追上去简单问几句,不过泰介最终还是决定放弃。不快确实是不快,但在工作时间他不想引发冲突。他们既然逃跑了,那也不至于非要追上去。泰介一边安慰自己,一边慢慢坐回沙发上。

"……他们在看部长。"

泰介对野井的话应了一声"是吧",再次朝出口看了一眼,只见四个人的背影已经消失在店外了。他重重吐了一口气,试图驱赶不快,但心中翻卷的阴森感并没有那么容易拂去。

"是看部长长得帅吧。"

野井的玩笑话总算让他恢复了一点精神。

趁野井上厕所的时候,泰介结掉两个人的账单,朝停车场走去。野井不太敢开车,泰介握着方向盘上了国道的时候,手机响了,屏幕上显示的是很少打电话过来的支社长的名字,不好因为开车拒接。泰介把手机交给坐在副驾驶座上的野井,让他代接。

野井简洁地报告了目前的情况,然后沉默的时间开始增加。从"是"到下一个"是"的间隔越来越长,莫名有些奇怪。支社长在说什么?泰介感到诧异,瞥了瞥野井的侧脸,他似乎也是一脸困惑。

终于，野井说了一声"明白，那么先这样"，挂断电话，但还是一副不得要领的样子。

"什么事？"

"……哎，支社长好像有点慌，我没太听懂。"

"有麻烦？"

野井摸了摸头，像是在搜寻记忆。"反正让我们赶紧回去，还说回去的时候一定要走后门。"

"后门？"

第一次接到这样的指示。正门的自动门坏了？搞不懂什么意思。泰介让野井说仔细点，但他好像也没理解支社长的意思。支社长很激动，说的话听不清楚，又不方便多问，只好敷衍几句，先挂了电话，想着等见到支社长的时候再说。支社长本来就不善言辞，激动起来更是没法把事情条理清晰地解释清楚，再加上野井又是很在意别人脸色的人，该说的话说不出口，该问的事情问不出口。总之，事态紧急是真的，泰介踩油门的力度加大了些。

"好像……"野井犹犹豫豫地说，"他很生部长的气。"

"生我的气？"

"嗯……说什么部长的Twitter。"

"Twitter？"

"部长有账号吧？"

"怎么可能。"

如果问Twitter是什么，泰介当然也知道那是用来发布推文的社交媒体，但他从来没有实际用过，也没看过。"发推文"到底是什么样的行为，他至今也毫无概念。在公司里听说过几次大帝住宅也有官方账号——听是听到过，但到底还是不理解那是什么东西。他从没产生过兴趣，也没想过要学习怎么用。

对泰介来说，只有在登录公司内部系统，还有预订机票和新干线的时候才会用到网络。他并不想主动了解，也没感觉到现在这样有什么不便。反而是通过网络使用系统时，他经常会对手续的烦琐感到不耐烦。

自己能有什么过错牵扯到Twitter？思来想去，泰介毫无头绪。

从东内站附近的家庭餐馆返回大善支社用了差不多30分钟时间。把车停到停车场的时候，泰介想起让自己从后门进去的指示，把员工卡放到读卡器前，打开门锁，推开沉重的铁门。公司楼有五层，这幢建筑本身也是大帝住宅的资产。泰介沿着楼梯往自己办公室所在的二楼走，刚好和负责清扫的女清洁工擦肩而过。虽然不知道对方的名字，但她经常出现在泰介那一层。不管自己是什么身份，都不能不打招呼。泰介按照自己的行事准则，向她颔首致意。

"辛苦了。"

这位女清洁工一向都不会好好回礼，但至少还会点头回应。然而这一次她就像完全不认识泰介一样，全然无视了他，快步消失在走廊深处。泰介心中生出米粒大小的不快，不过又想她大概天生就是那种态度——泰介怀着这样的想法推开二楼的门。

"我回来了。"

不管是谁，回到办公室总要向大家打声招呼。自从泰介就任大善支社营业部部长的那天起，这就是一条彻底贯彻下来的规矩。有几个员工不在座位上，大概是去看样板房或者拜访客户了，要么是在一楼的接待室，不过一眼看去二楼至少还有二十名员工在场。然而在场的所有人几乎都无视了泰介的问候，也有几名员工似乎想回礼，但最终也只是暧昧地点点头，像是接受了既成事实似的。没有一个人开口说"您回来了"。

太奇怪了。

泰介虽然产生了这种感觉，但并没有把它理解成对自己的敌视或厌恶。仔细看去，有很多员工在接打电话。他认为这表示确实发生了麻烦事——足以让支社长陷入轻度焦虑的麻烦。事情肯定不小。整个办公室笼罩着凝重的气氛，和今天早上恍若隔世。

"野井，你去准备铃下方面的施工计划图。支社长很关心进度，我过去的时候顺便汇报一下。"

"啊，好的。"

野井指示负责铃下方面的部下准备资料。部下看着泰介欲言又止，但也不能拒绝上司的指示，开始在自己杂乱无章的桌子上翻找，然而半天都没找到资料。泰介听说过这个员工比较马虎，不过总不至于把重要的资料弄丢吧。他决定相信这位员工，以及他的上司野井。但是等了一会儿，野井的部下脸色惨白地抬起头来。

"对不起……"

"搞丢了？"野井愕然问。

"没，就在桌上，放在这个盒子里保管……应该……"

泰介忍住没有咂舌，但还是忍不住叹了一口气。野井让部下再找一遍，他便又在纸堆里翻找起来，只是从他那种毫无自信的动作来看，找到资料的可能性很低。这样的失职实在是让人看不过去。

泰介正在心中盘算丢失资料该怎么补救，又该说什么才能敦促这位员工好好反省的时候，敞开的门外传来一道洪亮的声音。

"山县！"

支社长脸色铁青地冲了进来。

"啊，支社长，我刚刚回来，正要去见你，顺便想汇报铃下的情况，不过资料好像丢了。"——泰介脑海中刹那间组织起一连串台词，但一句话也没能说出口。

"赶紧过来。"

支社长不由分说地把他带去了五楼的支社长室。他的脸色涨成前所未有的通红，丢下一句"接到了超过五十通的询问电话"后，一屁股坐在沙发上，敲了敲桌上的平板电脑。

"……你是怎么回事？"

这明明是泰介想说的话。泰介根本不知道为什么会有超过五十通电话，也不知道他们问的是什么。连电脑屏幕都没看到就问怎么回事，自己怎么能回答上来？

泰介心里感叹支社长真是暴脾气，不过再招惹他只会徒增麻烦。泰介不情不愿地拿起平板电脑。商谈中也会用到这种东西，所以营销人员至少都会基本操作，但泰介作为部长，很少和顾客面对面接触，因而也不太有机会用它。他看着画面本想找找怎么操作，但还没点击，大大的标题就让他屏住了呼吸。

【速报】尸体照片上传者身份曝光！本名山县泰介，大帝住宅员工，现居大善市

空气凝固了。

这……是什么？

画面显示的是名叫"旅人快报"的信息整合网站。不过不熟悉网络的泰介并不知道那是什么组织运营的，也不知道它有多

大的影响力。他猜那是某种新闻站点，但再多的就不知道了。

　　泰介胆战心惊地滑动画面，展现在眼前的是泰介自己的脸——公司主页上登载的照片。刊登支社营业部部长问候语的时候，按惯例都会在专业工作室拍摄照片，但为什么那张照片会在这里出现，确实让人无法理解。他不明所以地继续滑动画面，只见下面是腹部流血、倒在地上的女子照片。那张照片毫无疑问令人震惊，但泰介的大脑一片混乱，以至于没地方容纳震惊感。这是什么？他脑海中翻来覆去都是这个问题。完全看不懂上下文，只看到"万叶町第二公园"几个字。那张照片拍的公园就在附近，泰介确实也经常去，但这到底怎么回事？这是什么东西？

　　泰介，当下想结识高尔夫球伴，最近很烦，现在账号已注销。

　　一切信息都让泰介震惊，但震惊并不会给他描绘出具有意义的图像。啊，原来是这样——他原本期待自己能恍然大悟，但完全无法掌握全貌。

　　"你……搞什么东西！"

　　面对支社长的问题，泰介什么都回答不出来。

　　"这是你的Twitter吧？"

　　泰介这时才终于意识到，这个网站提到的奇怪日语"泰介@taisuke0701"，应该是Twitter的账号。原来如此，终于和之前野井在车里提到的Twitter联系上了。"泰介@taisuke0701"发了一条有问题的推文——好像暗示自己杀了人，而这被误认为是同名的泰介所为，进而发展成网络上的小骚动。

虽然全局还不是很清晰，但既然抓住了问题的核心，自然就找到了反驳的线索。

"当然不是我。"

哦，这样啊，对哦，我相信你。

支社长脾气暴躁，但并不是不通情理的人。他肯定会拿手帕擦擦涨红的脸上浮现的汗珠，道歉地说自己也知道，就是太冲动了没控制住——泰介以为自己会听到这样的话，但支社长充血的眼睛依然恨恨地盯着他。

"这种借口……你以为有用吗？"

"……借口？"

"你在搞什么……蠢货！"

泰介无法理解为什么支社长固执地认为Twitter账号的主人就是自己。他确实喜欢高尔夫，甚至可以称之为自己的人生意义所在。初中短跑、高中橄榄球、大学铁人三项——他学生时代就在挑战各项运动，不过入职之后便专心打高尔夫了，每个月至少打三次。他确实住在引发骚动的万叶町第二公园附近，账号末尾的数字也的确和他7月1日的生日一致。这些说起来都是事实。

但是，怎么能因为这些就认为自己是杀人犯呢？

"行了，今天你先回去。"

"……啊？"

"在家待命。"支社长猛然从沙发上站起来，转过身去，像是拒绝进一步交流，"正门那边围了好多看热闹的人，来来回回的。我会跟他们说山县身体不适，已经回去了。你现在赶紧回去。这里和总部都接到好多询问的电话。"

"……为什么要我回去？"泰介难以掩饰自己的焦躁，但还是控制住情绪，冷静地继续说下去，"我是无辜的。只要解释清楚就好了，遮遮掩掩只会让他们认为有鬼，应该清清楚楚……"

刚说到这里，支社长室的电话响了。

但是身为房间主人的支社长并不像要接电话的样子。"你靠电话近，你接"——是这个意思吗？泰介清了清嗓子，伸出左手。"那个电话不用接。"支社长的声音响起时，泰介已经把听筒贴到耳朵边上了。

"您好，这里是大帝住宅大善支社。"

三秒左右的寂静。泰介能听到隐约的电流声，电话接通了，但没有任何声音。泰介刚刚"喂"了一声，听筒里响起一个男人的声音。

"杀人犯。"

泰介正想反驳，电话已经挂掉了。

骚扰电话。

无法形容的愤怒在脑海中炸开,就像是遇到了肇事逃逸,又像是被人无缘无故扔了鸡蛋。他盯着听筒看了一会儿,眼前仿佛浮现出了看不见的通话对象。毫无意义的电话。如果要求让山县泰介出来解释,要求公司发布公告,那倒可以理解,那样自己也有了反驳的余地。但这幼稚的骚扰算什么?

"回家待命。"

支社长重复道。

"详细情况正在调查。当事人身体不适,已经回去了——暂时这样处理。今天你先回去。"

言下之意是,你看你惹的麻烦事。

泰介不能接受这种要求,他甚至想丢下几句赌气的话。我到底干了什么?我给你惹什么麻烦了?但支社长估计不会改变想法,就算向总部上层抗议也不可能有用。

泰介放弃了沟通,回到二楼,发现整个楼层都充满了紧张气氛。那样子不像是为自家上司遭受怀疑而不平,反而像是发现身边有个杀人犯而畏惧。独栋住宅部门、单元住宅部门、店铺部门、绿色基建部门,泰介扫视整个楼层,每个人都低着头、紧闭着嘴,像是生怕遭受诅咒。

为什么你们宁肯相信来路不明的流言,也不相信一起工作的同事?泰介震惊于部下居然会如此轻信错误的信息,但他还是认为该说的必须说。

"网上好像有些莫名其妙的消息。"

所有人的动作都顿住了,但没有人和泰介的视线对上。

"我想你们当然明白,那些都毫无事实根据,全是无稽之谈。今天我暂时先回去,周六,也就是明天,我会照常上班。骚扰电话会给大家带来困扰,不过还是拜托各位照常工作。我带着手机,有什么事情请随时和我联系。"

幸好野井似乎还没搞清楚状况。他问发生了什么,泰介反问他,能不能教自己用手机搜索Twitter。野井对数码产品要比泰介熟悉一些,告诉他如果没有账号的话,用官方App(手机应用程序)查看起来很麻烦,不如用已经装在手机里的其他App实时搜索。只要在搜索框里输入想要搜索的词,点击"实时搜索"的按钮,就能看到Twitter的推文。

泰介按照他的说明,输入自己的名字,按下"实时检索"的按钮,刹那间脸都白了。

实时检索:关键词"山县泰介"
12月16日13时44分　过去6小时 12652条推文

支社长说电话有五十多通,泰介本以为有一两百人关注。他还没有准确理解"推文"一词的意义,但对数字是理解的。

12000多条推文，他的气管都缩紧了。

一起看屏幕的野井不禁"哎"了一声。

"事情很大？"

野井没有回答泰介的问题。"……发生了什么？"

为了员工，也为了自己，不该继续留在办公室里了。泰介意识到这一点，开始收拾东西。幸好今天除了西肯没有别的预约。他把月底的会议资料收进文件夹，拔掉电源插头，把笔记本电脑装进包里，准备回家办公。他把收件人写着"泰介"的几封邮件也一并收进包里，但其中混着几个陌生的信封。

3号牛皮纸长信封——没写寄信人。

可能是毫无意义的广告，不过泰介还是决定回家看过之后再决定是不是该扔。眼下唯一还能正常交流的员工只有野井，泰介把正在推进的项目，还有其他部门的工作，尽可能地交代给他。不管遭遇什么情况，泰介的原则都是不能扔下自己的职责不管。他又检查了一遍记事本上的任务清单，把桌子整理干净，这才离开办公室。

他避开正面的出入口，从后面出去，迎面的冬日寒风吹得他身子缩了起来。有这么冷吗？泰介裹紧大衣，走向平时上下班的公交车站。

虽然是二线城市，大善站外面倒是相当繁华，不过坐落在稍远处的支社周围都是宁静的住宅区（正因如此，大帝住宅这家住建公司才把支社建在这里）。现在是下午时分，泰介一路走到公交车站，没有遇到任何人。到车站的时候，他才终于把之前家庭餐馆的事情和刚刚得知的网络骚动联系在一起。

年轻人肆无忌惮地偷窥泰介，甚至还想拍下他的照片，原来都是因为那个。理解是理解了，但恐惧也随之增加。归根结底，缠上自己的流言正在扩散，连在家庭餐馆偶然遇上的年轻人都知道。

公交车刚好到站。从大善站开过来的车里塞满了人，比预想的多很多。泰介顾不上感慨，右脚刚踏上第一级台阶，却看见眼前座位上的年轻人正在玩手机，不禁停下了脚步。不祥的预感填满脑海，他犹豫要不要踏出左脚。"请上车。"司机拖长的声音透过扬声器传来，年轻人似乎有些惊讶，从屏幕前抬起头望向泰介的方向。

"对不起……我忘记拿东西了。"

他放弃了乘车，叹着气目送公交车驶过拐角。

倒不是他害怕，而是想尽量避免在车里惹出骚动。坐公交车回家5分钟，步行也只要30分钟而已，没必要冒这个险。他吐着白气走在路上，遇到了三四个人，对方都没什么反应。但当他拐过街角，以为自己终于要到家的时候，却不禁屏住呼吸，慌忙停下脚步，躲到栅栏后面。

门口有不少看热闹的人。

那些人大都十几二十岁。差不多有五个年轻人一边说话一边指着泰介的家，像是找到了网红打卡点似的。还有人带着摄像机，摆出电视台新闻记者的架势，正面对镜头说着什么。泰介知道网上已经泄露了自己的公司和相貌，但没想到连自家的住处都暴露了。

大帝住宅大善支社营业部部长的家，当然由大帝住宅负责施工。到明年刚好满二十年。不能算新房，但专业工匠凭借多年的知识和经验建起来的房子不可能寒酸。宽敞的庭院中设有练习高尔夫的球网，停车位上停放着刚刚交货不久的奔驰GLE，而这一切似乎让看热闹的人不明所以地兴奋起来。

泰介看到他们粗暴地敲击门铃，又在邮箱上搞恶作剧，他完全无法理解这有什么好玩的。他们当中的一个掏出一根长葱，强行把它塞进邮箱里，然后放声大笑，像是目睹了人生中最有趣的景象。

事态虽然糟糕透顶，不过万幸的是妻子和女儿都不在家。妻子在兼职，女儿在上学——对了，还要联系家人。这种飞来横祸般的怪异状况该怎么解释？这问题虽然令人头痛，但眼下需要对付的还是这群看热闹的家伙。

从开始考虑该怎么办，到想出叫警察的对策，也没花多少时间。

泰介取出手机，输入110。在按下拨打键之前，泰介犹豫了一下。如果警察也和网上那些蠢货一样，认为自己是什么案件的凶手，那该怎么办？他有点退缩地抬头看了看阴沉的天空，但马上又驱散了这个念头。日本的警察应该不可能那么蠢。

大约5分钟后，两人一组的警察出现了。他们驱赶看热闹的人，就像掸掉书架上的灰尘一样简单——其实一看到身穿制服的警察，看热闹的家伙全都自己逃跑了。

警察看到栅栏后面的泰介，快步走过来。

"你是山县泰介吧？"

不管怎么估计都没有超过三十岁的年轻警察用略显强硬的语气问，这让泰介准备好的感谢之词在开口前消失得无影无踪。他姑且应了一声"是"，年轻警察又追问道："网上那个，你知道吧？就是你的账号。"

"……啊？"

"我想看看你的房子，能开门吗？很多人举报你的账号。"

像是在做噩梦。强烈的失望不受控地转成无力的笑容。

泰介刚以为这只是年轻警察的歧视，但在后面压阵的年长警察同样向泰介投来怀疑的眼神。作为警察机构的代表，他们怀疑自己。泰介对他们轻信流言的态度颇为愤慨，但意气用事只会让情况更糟。他有意识地保持情绪冷静，努力挤出和善的笑容。

"请别开玩笑。那不是我的账号，都是诬陷，我是受害者。"

两名警察交换了一下眼神,像是在商量。"行吧。能开门吗?"

语气中感觉不到丝毫尊重,泰介不禁血压上升。

"有开门的理由吗?我还要请你们删除网上造谣的内容,纠正流言呢。连家里都有人来捣乱,哪有这样的?保护受害人,不是你们的使命吗?"

"山县先生,删除网上的内容……"一直沉默不语的年长警察开口了,语气像是在教训在按摩店里猥亵女技师的流氓,"不归我们管。"

完全谈不下去。泰介勉强压住心中开始沸腾的怒火,静静地摇摇头。他厌倦了这种鸡同鸭讲的对话,决定原路返回。

"山县先生,你去哪儿?"

"……我去车站前的咖啡馆工作。"

"不回家?"

"……那些莫名其妙的家伙可能还会来,我当然不能回去。你们能不能守在这里,不让他们过来?"

泰介不等他们回答就转过身去。他注意到两三家邻居都在观察自己和警察对话,但现在也没心情带着笑脸从头解释情况了。泰介心中怀着愤怒和屈辱低头走出去,走了几步后他回头去看,那两名警察还抱着胳膊注视自己的去向。他很想马上转身回去怒斥他们太过分了,但还是压下这个念头,快步走上返回大帝住宅的路。

　　冲动之下他说要去车站前的咖啡馆，其实并不打算去，走到那边还有一段距离，而且自己想尽可能地找个避免暴露在众目睽睽之下的地方。思来想去，他想起距离车站稍远的地方有个商务宾馆。因为自己是本地人，平时从没住过那里，不过从这里过去倒是不太远。他决定姑且先到那里避一避。有了目标，脚步也轻快了。

　　打开402室房门的时刻，泰介终于有种找回了文明和人权的感觉。他把大衣挂到衣架上，像是故意暴露自己似的猛然拉开窗帘。他第一次从这个角度观察街道，但毫无疑问，眼前绝对是泰介的主场。宽阔的马路一直延伸到郁郁葱葱的绿色之中。不管用怎样的溢美之词，都不能说这是一座大都市，但每座建筑都得到了精心养护，有些也很有品位，汽车、行人全都以一贯的速度行进在一贯的道路上。

　　看，这就是生活。

　　大善市不是泰介的家乡，是妻子芙由子的家乡。两个人在大帝住宅的町田支店相遇，泰介与担任事务员的芙由子经由社内恋爱而结婚。芙由子辞去工作后专心料理家务，期盼有朝一日离开东京，去自己依恋的大善市生活，哪怕等久一些也没关系。她是独生女，大约也有担心父母的想法。

　　泰介并不介意申请调往大善支社。这里位置很不错，只要愿意，一两个小时就能到东京。更重要的是，调动到大善支社，在公司内部也是相当光荣的。大善支社不仅负责大善市内的项目，实质上统筹管理县[1]内所有项目。相比于在东京边缘地区的支店小打小闹，还是在具备开发潜力的大善支社一展身手，更有希望出人头地。事实上，泰介也以非常顺利的步调升到了部长职位。

这样的我怎么会……

泰介走向洗手间，用心洗了把脸，又仔细擦干净脸上的水滴，重重坐到床边的椅子上，长长叹了一口气。他没心情马上掏出电脑工作，于是打开房间里的电视。电视里正在播放午间新闻，因超速驾驶而被逮捕的男子厚颜无耻地抵赖，令人厌恶。不过看了一会儿，新闻并没有提及泰介，也没有丝毫提及大善市或万叶町的迹象。他换了几个台，结果都是一样的。关于自身的流言，终究只是流传在网络世界里的传闻而已。

得出这个结论，泰介稍稍有了一丝安心感。

回想起来，两名警察也只是说有人报案才要求看房间，并没有打算逮捕泰介；而且他们好像也没有强制力，只是因为恰好有人报警，所以才想顺便看看家里的情况。这证明流言只是流言，案件并不存在。没有发现尸体，当然也不可能逮捕他。泰

---

[1] 日本的县相当于中国的省。

介——盘点事实，心绪逐渐平静下来。

虽然不清楚会花多少时间，但无根无据的流言总不可能永远流传下去。要么几个小时，要么几天，就像污染物迟早会被净化一样，正确的信息肯定会把流言清除干净。

他随手调到一个频道，那里正在播放警察在夜晚的娱乐区执勤的跟踪纪录片。警察在灯红酒绿的街道上巡逻，然后喊住了一个年轻人，随即就像预先串通好似的，在年轻人的包里发现了违禁药品。摄影师问警察是怎么发现的，警察一脸理所当然地回答："看他行径可疑，就知道有问题。"

这只是个很普通的电视节目，但对现在的泰介而言，却不亚于一种至理名言。原来如此，能够让世上蔓延的邪恶暴露的发端，终究只是因为存在可疑之处，也就是没有脱出个人印象的范畴。正因为提心吊胆、瞻前顾后，才会引来警察的关注；也正因为问心无愧、行事端正，才不会引人生疑。泰介坐在椅子上，挺直脊背。没错，就是如此。既然无辜，那就堂堂正正地行事。只要挺起胸膛，肯定就会更快消除误解。

受到酒店房间这个安全的空间庇护，泰介的思绪渐渐向着积极的方面倾斜。误会肯定马上就会化解，不，说不定已经化解了。即使还没有完全控制火势，烧起来的火很可能已经在向受控阶段转移了。泰介取出手机，按照野井教的方法，再一次搜索自己的名字。

实时检索：关键词"山县泰介"
12月16日14时56分　过去6小时20120条推文

小小的乐观被彻底粉碎，泰介的心猛然揪紧。虽然没办法准确想起一个小时前看到的数字，但这个数字肯定在增长。

"执行死刑。""看相貌就是凶手脸。""把人吓死了。"

看来网上连一个会说正经日语的都没有。泰介对于没有直接关系的事情很不耐烦，他往下滑动屏幕，直到看见一个许多账号引用的链接，写的是"尸体照片上传犯山县泰介汇总"。他点进去，跳转到的汇总网站和先前支社长给他看的差不多。

这肯定是一连串的巧合凑在了一起。

单凭这点信息，就把他当成凶手看待吗？泰介原本以为这种牵强附会的看法令人嗤笑，但仔细读下来，身上不禁起了一层鸡皮疙瘩。内容和他在支社长室里看到的汇总网站相似，但在当时的混乱状态中，他只是零零碎碎地拾取了一些信息碎片，对整体事态只有模模糊糊的印象。但现在从头跟踪整个经过，泰介自己也不得不承认，网络上流传的"'泰介@tai-suke0701'='山县泰介'"的推断很有道理。每当他看到"泰介@taisuke0701"推文的截图时，心就像被一把大勺子挖了一块出来似的，慢慢地、强有力地被挖出来。

043

"自豪的高尔夫球包。"——虽然几年前换了新的,但那毫无疑问正是泰介用过一段时间的球包。他也记得大帝住宅五十周年纪念大赛的钥匙圈。高尔夫球包通常都放在汽车的后备厢里,但是照片的背景好像是泰介家的外墙。装卸行李的时候,可能会把高尔夫球包放在院子里几个小时,而照片正是在那几个小时里拍的。

"院子里的花开了。"——怎么看都是泰介家的院子。

"买了一根球杆,真想马上用上它。"——那是当年泰介深思熟虑之后买下的Callaway(卡拉威,高尔夫球具品牌)球杆,充满回忆。那照片拍的也是它从高尔夫球包里伸出来的样子,球包同样放在院子里。

"高尔夫是孤独的运动,但我相信它的价值正在于此。"——这是泰介的口头禅。

不管怎么看,这都是山县泰介自己维护的账号。

不是因为不了解泰介才被骗。越是了解泰介的人,越会相信这就是他的账号。连泰介自己都快有错觉了,这真不是自己的账号吗?这个账号太巧妙、太自然,因而也有种扭曲的异样。

这不是偶然的巧合,也不是飞来横祸。

有人在网上扮演了十多年的泰介。

你到底是谁?就在泰介心中提出这个问题的同时,手机振动起来,差点从他手里滑下去。是妻子芙由子的电话。他想起自己还没联系家人，慌忙按下通话键。芙由子的声音显得很慌乱，她抽泣间说的话不成字句。

"兼职的，高桥那边，听高桥，说……网上，刚才……"

"我知道，没事的，正在处理。"

泰介不断用坚定的语气回复、安抚芙由子。芙由子在化妆品网购客服中心兼职，大约是叫高桥的同事把事情告诉了她，于是她从公司打电话过来。

"你知道的，全都是假的，不用相信。误会肯定马上就会消除，放心。"

对于这些只能算是一厢情愿的话，芙由子连"知道了"都没说，只顾着嘤嘤哭泣。泰介叮嘱她绝对不要回家，可能有危险的家伙过来凑热闹，又让她和女儿夏实一起回娘家住一晚上。芙由子的娘家也在万叶町，十多年前，由大帝住宅施工，在距离泰介家步行10分钟左右的地方盖了一幢独栋楼，住过去应该没问题。

"能联系夏实吗？"

"嗯。"泰介听到微弱的一声应答。

"估计没什么问题，我是无辜的。告诉她在学校里挺起胸膛来，也没必要让她早退。网上那些话全都是彻头彻尾的污蔑。"

大部分时候泰介都分不清电话那头是抽泣的声音，还是表示知道的声音。他反复告诉芙由子"没事的、别害怕、没关系"。等终于听到清晰的"知道了",他才说了一句"拜托",挂掉了电话。他刻意没说"对不起"。不管怎么想,这都不是自己的错,没有任何必要对公司、对社会、对妻子说什么"对不起"。

他调出后台的浏览器App,又看了看汇总网站,发现最下面有一处能写留言的空间。尽管不知道谁会看这里,也不知道能有多大效果,但他需要把自己的意志、唯有自己掌握的真相,刻在某处。

"山县泰介不是凶手,他没犯罪,别再闹了。"

点击发布按钮,然后手指上滑关掉了浏览器App。

泰介虽然很震惊,但在心灵的深处——核心的部分,依然坚信总有一天会迎来圆满的结局。伪装泰介的账号发布了有问题的推文,但实际上并没有发现尸体。这必然是有人在刻意陷害泰介,但只是把他栽赃成杀人犯而已。如果最核心的案件并不存在,事态也不至于继续恶化。

尽管想不出那会花费多少时间,但误会迟早会消除的。

但问题依然存在。罪犯到底是谁?

泰介的精神状态还不适合投入工作,不过有事情做总比胡思乱想要好。他正要从包里取出电脑来摆脱消极情绪,刚好注意到有封邮件——从办公室带来的信。

估计是什么新人培训教材或者研讨会的广告,他打算瞅一眼就扔掉，于是撕开封口，取出折好的A4纸。从读第一行开始，时间就仿佛停止了。他连一根手指都动不了。

  山县泰介先生：
    事态比你想象的更紧迫。
    不可相信任何人，谁都不是你的战友。
    如果说还想有获救的可能，你只有一条路可走。
    逃，拼命逃。仅此而已。
    我希望你能逃脱。
    如果坚持不住，"36.361947，140.465187"。

Sezaki Haruya

  泰介读完A4纸上的内容，抬起头来。电视还开着，声音传到他耳朵里。警察的跟踪纪实节目已经结束了，女性播音员正在演播室里播报新闻。不一会儿，屏幕上出现了熟悉的万叶町第二公园的公共厕所。
  女性的尸体，被发现了。

实时检索：关键词"尸体/发现"

12月16日16时02分　过去6小时 1521条推文

牧田小五郎@Ideas Sence代表
@kogorou_makita

发现了尸体还能怎么抵赖？听了网上大帝住宅的电话录音，公司坚持说当事人身体不适回家休息了。身体不适本来就证明他是凶手，居然没把他交给警察，还让他回家，这公司也是可以的，有够"头铁"。换成是我的公司，马上开除。

【真报新闻网】大善市万叶町发现女性遗体

埃尔戈
@ergo_nakamura

大善市的案子，最先发现尸体的居然不是警察，而是YouTuber，这才是最可怕的。凶手当然要枪毙，但是警察也太"水"了，明明昨天晚上就上了热搜，真是玩忽职守。别拿我们老老实实交税的人当傻子。

喇叭裤@求职中
@BiPUSbMj556TOS

大帝住宅平均年薪：922.5万日元。
杀人、抛尸、晒作案都没问题。有钱无罪。

【日电新报在线】YouTuber在大善市发现遗体 "看到网上的热搜"

李久
@Love_Rose_Life

大家都知道警察有多废。我以前遇到跟踪狂的时候也是这样，不管怎么报警，他们屁股都不挪一下。我猜这次遇害的女子很可能也打过110。只有被人杀了，变成尸体了才会管。真的太晚了，不可原谅。

【真报新闻网】大善市万叶町发现女性遗体

山县夏实

得知父亲干的事情,夏实像被捆住了似的,瘫在教师办公室的椅子上无法动弹。

"其实我们也不知道该不该告诉你。"

第三节社会课刚下课,夏实便被叫了过来。等在办公室里的是年级组长和班主任。为了让她更容易接受这个可怕的事实,他们尽力用平稳的叙述把情况告知夏实。

"……我爸爸,真的……"

夏实眼中含着泪问。年级组长苦涩地点点头。

"教导主任说了,让你休假和这件事没关系。不过,嗯……"

在我不知道的时候,爸爸他竟然——

夏实近乎期待地认为爸爸不可能做出那样的事,但也不知道自己的信心来自何处。无论如何,夏实这个五年级的小学生,就算知道了这个消息,也什么都做不了。事实到底如何,信息是怎么传播的,她不知道如何确认,也不知道该怎么阻止。她只能陷入混乱,被脑海中翻滚的种种思绪折磨。

"……总之,先回去吧,山县同学。"

这位班主任一向因为对待学生太过机械、不够关心而饱受家长批判,现在连他也显得无所适从,好像既不能毫无根据地安慰她说没事,也不方便像是对待易碎品一样过度保护。而且最重要的是,他的眼神中带着某种评估,仿佛在衡量这孩子是不是真值得保护。

可悲的是,年幼的夏实也体会到了这种成年人的犹豫。推开教室门的时候,该摆出什么样的态度才对呢?爸爸,妈妈,我接下来应该怎么做?我会遭遇什么?夏实感到呼吸急促。

不可能,不可能的——她拼命告诉自己要乐观,但残酷的是,这并不是情绪所能影响的东西。第四节课开始她已经有所察觉,午餐时分转为确信。

毫无疑问,教室的气氛正在变化。

自从夏实回到教室——不对,可能从更早一点开始就已经变了,只是她没注意到而已。不知道是谁从哪里得知了爸爸的流言,也许是在教师办公室偷听到的,或者是从某个夏实无从想象的途径泄露出去的。她尽管有所察觉,但无从回应,也不想向朋友打听。不可能从朋友口中听到那样的话——"对呀,我听说了你爸爸的事情。"但是很显然,夏实周围的世界正在慢慢变化，就像自己正在一点点偏离和弦。

当然，并不是说突然开始有人打她、踢她、骂她，做这类常见的霸凌行为，而是就像突然一切常识都不再管用似的，好像自己是来自不同文化圈的转校生。不管是谁，只要和夏实视线相交，就像看到了不该看的东西一样迅速转移视线。夏实知道，在自己看不到的地方，一个又一个人，流言传遍整个教室，不知道该怎么对待夏实的人慢慢增加。人际关系的亲密度，以每次几公里的频率无声无息地后退。

不，这可能只是自己的错觉。

夏实拼命这样告诉自己，但当她把前面座位传过来的打印纸交给坐在后面的朋友时，不得不认清现实。朋友接过打印纸的手指像是痉挛似的微微颤抖。她垂头看着桌子，像是在避免视线的接触，但可以看到她的眼角紧绷。她全神贯注，做好了一切防护。

她在害怕，怕夏实的爸爸，和夏实。

夏实发现了这一点，心被逼到了悬崖边上。

你听说山县的事了吗？

听说了听说了，要是真的就太可怕了。

肯定有人在某个地方窃窃私语。一旦有了这样的预感，每次听到细微的声音、有人压低说话的声音，身体就会反射似的动一动。夏实想说话，但找不到合适的词。流言到底是什么样的，夏实对细节一无所知。

强烈的悔恨和羞愧让她眼角发热。啊，可能会哭。一旦想到这个，泪水又往上涌。要忍住，必须忍住。夏实拼命忍着泪水，迎来第五节英语课。

外聘的英语教师是日本女性，她似乎有种扮演开朗欧美人的使命感，肢体语言十分夸张，脸上永远挂着笑容。她对夏实周围发生的种种情况一无所知，在弥漫着不安气氛的教室里，她比平时显得更格格不入。

"让我们来用英语说'对不起'。"

看到她在黑板上写下的课堂主题，夏实刹那间低下头，咬紧牙关。

"大家会在各种场合说'对不起'，对吧？'对不起，是我的错。'今天我们要记住怎么用英语说'对不起'。"

从成年人的角度来看，小学生大概都属于年幼的儿童，但一年级和五年级之间的成熟度天差地别。大部分男生都会消除自己对战队英雄的憧憬，大部分女生也会开始更喜欢打扮自己而不是玩洋娃娃。以这样的态度对孩子开展教学——不考虑年级，表现得如同幼儿节目主持人的老师，不可能受到五年级学生的欢迎。

夏实也很不喜欢她。强迫人发卷舌音，声音稍小一点就会要求重来好几遍，这些地方都叫人喜欢不起来。而在今天，那种体察不到人情冷暖的愚蠢的欢快，比平时更让人心情沉重。

"'Sorry. It's my fault.'这句话的意思是，对不起，这是我的错——也就是我的责任。大家跟我念。"

她让学生念了两遍。

但是紧接着，泪水滴了下来。

老师能第一时间发现夏实的异常算是称职的，但她犹如在战场正中间发现婴儿似的大惊小怪，这更让夏实悲上心头。老师轻拍夏实的后背，一个劲地追问她为什么流泪，这让夏实怎么回答？对于一无所知的人，她什么都不想说。不要知道我是山县夏实，不要知道我爸爸干的事，你什么都不要知道。

课堂暂时中断。老师想带夏实去保健室，但说真心话，夏实只想一个人待着。我一个人可以走。夏实张了几次口，但原本她就不擅长表达自己的意思，最终还是让老师陪同她去了保健室。

"山县同学，你妈妈的电话。"

在床上蜷缩了10分钟，班主任老师出现在保健室。夏实揉了揉通红的眼睛，按照班主任的指示拿起办公室的电话。听到妈妈的声音，小小的安心感又让泪水渗了出来。"你没事吧？爸爸的事情真的很抱歉。你有没有受苦？在学校有没有人排挤你？"夏实想要隐藏不安、伪装坚强，掩饰自己的感情，但五年级的小学生还做不好。

"爸爸说不要早退,但你如果觉得太难受,早退也没关系。你一个人能去外婆家吗?"

第五节课快结束了,再坚持一会儿就到放学时间了。夏实抬头去看办公室墙上挂的钟。被问到能不能坚持的时候,她才意识到自己没有返回教室的勇气。即使是平时,一旦离开教室再回去,也会产生相应的羞愧感。教室已经回不去了。

"……我想回去。"

话一出口,在旁边观察情况的班主任表情便微微放松下来。这样啊,要回去啊——虽然摆出惊讶的表情,但就连夏实都知道,那只是为了不让自己察觉她松了一口气。

班主任问要不要帮她去拿书包,夏实决定接受这份好意,在办公室里等来书包,钻进电梯,按照妈妈的吩咐走向外婆家。

外婆家离自己家很近,她也经常去。夏实并不讨厌外婆,只是有点不太喜欢她对待自己的态度,说起话来总像是把自己当成刚出生的小宝宝。她对夏实很好,但会毫不掩饰地表达对外公和妈妈的不满,这也让夏实感到疏远和恐惧。

少许忧郁在心中吹起寒风,眼角又渗出泪水。

夏实走了一会儿便忍不住蹲下来,背靠在护栏上,泪流满面。

这愤怒、这悲伤、这委屈,到底该向谁发泄?真的是我的错吗?就该我挨骂吗?不,肯定不是的。

"爸爸……"

夏实低低地喊了一声,用袖子去擦眼睛,但眼泪怎么也擦不干净。

山县泰介

泰介确认房间里可以抽烟后，连着抽了两根。

他有意识地慢慢吐出香烟，同时努力以冷静的心态审视现状。

在万叶町第二公园的公共厕所发现了女性尸体。这就是说，网上盛传的杀人案不是虚张声势，而是真实发生的案件。这样一来，警方当然会开始搜寻凶手。虽然泰介无从了解警方列出嫌疑人名单的详细步骤，但可以想象，案发现场残留的物品、指纹、不在场证明、动机——他们会按照自己的优先级顺序去参考这些信息。至于说个人印象或者氛围这类模糊的指标，大约是没有什么影响余地的。

不论对错，总不可能只以网上的推文为线索就确定凶手。

大脑虽然明白，但脑海中闪过的却是先前刚刚看过的纪实节目。节目里的警察仅凭行为可疑的理由就锁定了有问题的对象。即使不至于逮捕，但毫无疑问的是，对警方而言，可疑程度是一项重要的判断指标。

这几年泰介有意识地在控制抽烟数量，但不知不觉已经在抽第三根了。

可能不会马上被捕，但也很难想象警察会完全不关注泰介。不知道那个账号的主人是谁，但模拟得可谓完美，泰介自己都不禁以为运营账号的就是自己。既然在那个账号展示的地点发现了尸体，泰介必然会是第一嫌疑人，或者至少也是必须审查的重要疑犯。

但为什么警察没来这家酒店？泰介闭上眼睛，抱起胳膊。办理入住手续的时候，他把住所、姓名、年龄等基本个人信息全都告诉了前台。如果警察愿意，应该很容易就能找到他的藏身地。难道说调查很顺利，警方已经确定了真正的凶手？

泰介摇了摇头，把这个一厢情愿的想法抛开，想起自己告诉两名警察的话。

"……我去车站前的咖啡馆工作。"

可能只是因为警察去搜查车站前的咖啡馆了，没想到泰介在宾馆而已。思来想去，他越发觉得心力交瘁。

不如自己报警算了。他伸手去拿手机。我在这里，没有逃也没有躲，请来保护我。不知道警察会不会好好保护自己，但总不至于当场认定自己是杀人犯。如果表现出配合调查的姿态，说不定更容易洗清嫌疑。泰介没有杀人,这是事实。

好吧,打电话——正想到这里,他的手却停了下来,是因为刚刚看到的那封匿名信。

山县泰介先生:

事态比你想象的更紧迫。

不可相信任何人,谁都不是你的战友。

如果说还想有获救的可能,你只有一条路可走。

逃,拼命逃。仅此而已。

我希望你能逃脱。

如果坚持不住,"36.361947,140.465187"。

Sezaki Haruya

他完全不理解那一串数字的含义,也没听说过落款上的"Sezaki Haruya"这个名字。别说是公司员工,哪怕是仅仅见过一面的商务伙伴,泰介也要求自己准确记住对方的名字,这是他的教养,也是工作作风。但"Sezaki Haruya"这个名字非常陌生。他回忆学生时代的朋友和远亲,同样一无所获。自己可能是第一次听到这个名字。

但至少可以肯定的是,写信人确实预见泰介将会陷入困境。至于是敌是友,从心情而论,难免倾向于认为是朋友。但这位写信人写的是：

"不可相信任何人，谁都不是你的战友。"

这话的意思是，包括警察在内都不可信吗？

泰介很想嘲笑一句"真是蠢货"，但连续发生那么多难以置信的事情，自然也无法排除所有的可能。他纠结不定，连饥饿都感觉不到了。下午5点、6点、7点——随着时间的流逝，搜查之手没有伸向自己的安心感和害怕房间门铃突然响起来的恐惧来回拉锯，搞得他疲惫不堪。

一直没关的电视播出了后续的报道。那是他把随身香烟全都抽完的晚上9点，新闻节目中插入速报，一排身穿制服的警察出现在新闻发布会上。桌子前面排列着密密麻麻的麦克风，一名搜查本部代表模样的人通报了搜查情况。

根据随身物品，判明死亡女子系定居县内的女大学生。尸体被塞进公共厕所的隔间，没有性暴力的痕迹，财物也没有遗失，推测为报复行为。推断死亡时间为昨晚，即12月15日20点到24点。直接死因并非腹部伤口，而是窒息，也就是判明为勒死。随着尸体的发现，县内警方成立搜查本部，将本案件命名为"大善市女大学生遇害案"，今后将全力推进侦查，力争早日破案。

一进入提问环节，记者立刻问起泰介最关心的事。

"本案件和目前网上盛传的那个账号之间是否存在关联性？"

这应该是预想之中的问题。问到一半,警方代表便重重点了点头,将嘴凑近话筒。

"我们认为那些信息不能无视,不过目前正在调查所有可能性。"

四平八稳的回答。正当泰介感觉不满意的时候,下一个问题直指核心。

"网上已经指认某位特定人物为嫌疑犯,警方对此如何考虑?"

"是的,"这个问题也在预想之中,警方代表应了一声之后,低头看了看纸张,"目前正在基于所有可能性开展调查,但也希望各位不要传播尚未确定的信息。我们正在尽最大努力调查案件。"

接下来提出的问题是如何判定死因不是腹部的伤口而是勒死的,但在警方回答之前转播就掐断了。泰介换了几个频道,想看看其他电视台是不是还在转播,但都没找到。刚才看的是地方电视台,全国电视台似乎没有转播搜查本部的新闻发布会。

泰介叹了一口气,坐到床角,尝试整理已知的信息。对于是否把泰介视为第一嫌疑人,警方没有明说,不知道这算是好消息还是坏消息。这也很正常。但他们也说账号的情况不能无视,果然还是盯上自己了。

既然推断出了死亡时间,是不是可以从这点上证明自己的无辜？但是泰介想了想自己昨天20点到24点在干什么，马上感到绝望。21点前后正是自己每日锻炼的时间段，而且很不巧的是他也路过了万叶町第二公园。

可能和凶手擦肩而过。

万叶町第二公园不是小公园，占地面积很大，旁边紧挨着棒球场。公园里有两座公共厕所。就算只在公园里走，从一头走到另一头也有不短的距离。但不管怎么说，在推断的死亡时间段内，自己确实在现场附近。事态又恶化了一步，这种感觉让泰介很焦虑。

唯一值得庆幸的是警方呼吁不要传播尚未确定的信息。这多少能让网上的骚动平息一点吧。虽然不能指望效果立竿见影，但几个小时过去了，泰介再次想搜索自己的名字看看。

实时检索：关键词"山县泰介"
12月16日21时01分　过去6小时 24989条推文
热搜榜单：今日第6位

泰介第一次听说"热搜"这个词，不过可以推测出它的意思。由于转播了新闻发布会，网上似乎普遍认为凶手的名字已经确定了，结果与警察的愿望相反，传播的速度反而更快了。

"怎么看都是凶手，赶快抓起来枪毙。""再调查凶手就成谜了。""凶手的尊容。"

随手一滑，泰介的脸庞就会在屏幕上唰唰滚动，在泰介脸上乱涂乱画的账号也随处可见。

虽然对事态发展并没有很乐观，不过这时泰介也预感到明天早上不能和往常一样去上班了。流言之火非但没有减弱，甚至连到顶的迹象都没有。尽管他不想承认，但只要没抓到真正的凶手，这场骚乱就不会平息，网上涉及泰介的信息也没有那么容易尽数删除。

可能必须做好长期作战的准备了。

如果酒店生活还要持续一段时间，就需要准备最低限度的生活必需品。洗漱用品可以用简易品对付，但无论如何总需要换洗的衣服。

他把紧闭的窗帘稍稍拉开一些，俯瞰夜晚的万叶町。距离车站稍远的住宅区里，没有足以构成夜景的灯火。路上行人原本就不多，又到了这个时间，街道更是空荡荡的。泰介看了5分钟左右，汽车只开过去一辆，行人一个都没看到。

现在这个时间，是不是能先回去一趟？

刚办完入住手续时还觉得舒适的空间，关在里面几个小时就会感到窒息。饥饿感也不能被无视。泰介一向骄傲地认为自己很能忍耐，但几乎下意识地合理化了想要去外面呼吸新鲜空气的欲望。看热闹的家伙应该不会昼伏夜出。他决定先观察一

063

会儿房子的状况,如果能悄悄进去,就去拿上行李;万一围了很多人,那么马上回酒店就是了。

笔记本电脑太重,泰介决定把它留在房间里,他把其他东西装到大衣口袋和提包里,走出酒店,冲进寒冷的夜色中。

让他恼火的长葱还插在邮箱里,不过没人围观了。

泰介在栅栏后面点了点头,谨慎起见,决定从后门进屋。他绕到很少使用的后门处,转动很久不用的把手。原本担心把手会因为生锈发出声音,不过并没有。他轻手轻脚地从练习高尔夫用的球网旁边钻过去,穿过庭院走向玄关。

感应灯突然打开的刹那,泰介着实吓了一跳,不过总算是开了锁,潜入了房间。一进门,他立刻把手伸向开关,关掉外面的灯。

在脱鞋前,他发出人生中最为深沉的叹息。

安全了。

闻到家里熟悉的味道,心情也随之舒缓下来,泰介心里慢慢生出从容感。首先是换洗的衣服、手机的充电器,存香烟的盒子也要拿走;还需要吃的;池井户润的小说读到一半,最好也带上。等一下,在那之前,还要给回娘家的妻子和女儿送必需品。

泰介一边在脑海中构想动线,一边伸手去报箱拿报纸。当然不是马上读,但也不想让报纸就这么插在报箱里。他打开报箱不锈钢的盖子，取出晚报时，响起奇怪的金属声。

什么东西？泰介检查报箱的底部，发现那里藏了一把小小的钥匙。他拿到手里端详，但一时间看不出是什么钥匙。有种似曾相识的感觉，这是哪儿的钥匙呢？想了一会儿，泰介才意识到那是院子里仓库的钥匙。为了不知几年才会下一次的大雪而准备的铲子、很久以前只用过一次就封存的户外装备，除此以外，里面还有什么来着？不管怎么说，那仓库几乎没什么使用的机会。最后一次打开仓库门是在多久以前了？想到这个问题的刹那，痛苦的回忆在泰介脑海中苏醒。

仔细想想，没错。

那也是牵扯到网络的冲突。泰介回想自己的前半生，发现自己差不多总是在给别人擦屁股。他讨厌失误，依靠缜密的准备和行动避免犯错，但周围人却总是会遇上莫名其妙的问题。到底造了什么孽？他一边在心中暗自嘟囔，一边疑惑仓库的钥匙为什么会在这里。妻子和女儿几乎不会碰仓库，门太重了，她们光是开关大门都很吃力。

泰介像是寻找假说一样环顾四周，终于想到了一种可能性：这不是某个家庭成员放在报箱里的，而是从外面丢进来的。泰介家除了那个目前还插着长葱的邮箱，玄关门上还装了报箱。那是泰介要装的。虽然距离大门只有10米，但每天去取终究麻烦，还是想在玄关处直接拿到。他还叮嘱送报员一定要把报纸插在玄关门上，不要放在大门的邮箱里。

有人把钥匙丢进了这里。

一想到这种可能性，泰介的心里立刻生出不安。这意味着有人动过院子里的仓库。说起来也确实很马虎，仓库的钥匙就藏在仓库侧面死角边缘的下方。只要知道钥匙在哪儿，不管是谁，不用闯进家里就能打开仓库。

有人对仓库动了手脚。

泰介的直觉告诉他，必须去检查一下。

他把包放在地上，轻轻打开玄关门，确定黑暗中没有人影，然后慢慢走向仓库，小心转动钥匙。"咔嚓"，他紧张地屏住呼吸，害怕开锁声吵醒了邻居。他拔出钥匙，用体重去推沉重的推拉门，慢慢地，慢慢地，打开门。

在扑鼻的尘埃味道的深处，隐约有股腐臭味。

久违的仓库与泰介脑海中的模糊记忆相去不远，但唯有一点，放在离门最近位置上的巨大的黑色塑料袋，他没有任何印象。

湿垃圾？

不用打开他就知道，腐臭的来源就是这个。不远万里从自己家中把垃圾带过来，塞进网络热搜对象家的仓库里，不知道费这个力气到底有什么乐趣。总而言之，有些人实在闲得慌，非要搞这么一出不同寻常的恶作剧。

不去管它也没关系，但泰介不想让这股臭味一直留在仓库里。他抓起袋子想往外拽，出乎意料的沉重感差点让他闪了腰。泰介慌忙放开手。那可不是10斤、20斤的分量。

不是厨余垃圾？

解开牢牢绑死的结，一股令人作呕的浓郁腐臭气味顿时弥散开来。泰介这才知道刚才闻到的气味只是泄漏出来的一点而已，忍不住放开手。他很想吸一口新鲜空气，于是把头探到仓库外面，深深吸了一口气，再去端详垃圾袋的时候，他不禁怀疑起自己的眼睛。

从袋子开口处隐约看到的是——头发。

这肯定是黑暗和惊惶带来的错觉。现在院子里的灯已经关了，只有不甚明亮的街灯从背后照过来。定定神再仔细看看，肯定会笑话自己的误会。泰介用左手捂住鼻子遮挡臭气，伸出右手轻轻扯开袋口，把塑料袋往下拉。

昏暗中如同白花般绽放的是——耳朵。

女性的头颅。

惨叫声不是泰介发出的。他吃惊地回过头，发现栅栏对面有人在看这边，是个高中生模样的年轻人，看热闹的人。哇哇大叫的声音简直像是在拉警报，这让泰介也失去了冷静，大声呼喊"不要叫，你搞错了，安静点"。他慌慌张张跑过去想要辩解，年轻人却逃也似的沿着道路跑出去50多米。从他跑开时的侧脸来看，应该是住处隔了三幢房子的青年。

是追上去让他别叫，还是不顾一切地逃跑？

泰介在混乱中考虑最优解的时候，发现那年轻人折返了。他手里抓着手机，大概是想要拍泰介，要么是想拍尸体。泰介不知道年轻人的心理发生了怎样的变化，也许是切换了开关，认为需要采取反击措施吧。随着年轻人不断拉近距离，泰介身上的汗越出越多。

只能逃跑。他跑向停车场的汽车。车钥匙就在大衣口袋里。他跳上驾驶座，启动引擎，发动汽车。汽车开出去的势头很猛，差点撞到那个年轻人。千钧一发之际，他避开那人，驶上马路。

在限速每小时40公里的路上开到每小时70公里，转眼间年轻人的身影便消失在后视镜里。开，开，继续开。

该去哪里？无法运转的大脑想不出什么好主意，只能闷头一直往前开。酒店早就开过了，家也不能回了；考虑到家人的安全，也不能去妻子的娘家寄宿；公司估计也不会让他进门。要么另找一家酒店，要么一直这样开下去，永远开下去。

开了20多分钟后，泰介在冷冷清清的国道边停下车。

他四下里看了看，没有标注所在地的指示牌和建筑。广袤的田野，低矮的民房。前方有个加油站，但是灯已经灭了。他看了导航才知道，自己已经到了大善市东头的希土町。

他忽然想起似的打开双闪灯，然后就这样把头靠在头枕上。

泰介试图开动大脑，整理情况，但是当然没办法进行理性思考。他只知道目前自己陷入了相当绝望的境地，以及世界某处有个人正在满怀恶意地陷害自己。

仓库里的尸体，到底是什么时候放进去的？虽散发着腐臭，但尸体还保持着原状。他当然不知道死后的人体经过多少天会腐烂到什么程度，不过至多总不会超过一个月吧。几天，最多一周？只要知道钥匙在哪儿，任何人随时都能打开仓库。如果是在一家人熟睡的夜晚潜入进来的，泰介根本不可能发现。

到底是谁干的？目的是什么？

泰介想不到任何一个嫌疑人。喜欢自己的人，肯定远远多于讨厌自己的人。这话说出来有点不好意思，但泰介还是很有人望的。约部下去喝酒，每个人都会一口答应；办一场高尔夫球赛，年轻人都会纷纷报名；上司也很信任自己，所以自己才能坐到这个位置。工作从不松懈，也没忽略过家人，没让她们挨过饿，想要什么基本上都会买。他的收入付得起。

再往前追溯，回想学生时代，情况也是一样的。合不来的人当然有，但也不至于这样报复。泰介发誓自己从没偷过东西，就连随地小便，上了初中以后也没做过。招人恨的事，他一件也想不起来。

如果这是一场噩梦，未免时间太长了。自己又不是什么值得下力气陷害的名人。这一切误解能否瞬间化解，一连串的麻烦能否都像幻影一样消失呢？

实时检索：关键词"山县泰介"

12月16日22时35分　过去6小时 37129条推文

热搜榜单：今日第5位

既然没有减少，那么对泰介来说，推文数和榜单排名都没有什么意义。网上的讨论毫无收敛的迹象。别说收敛，往下一滑，马上就看到许多令人无法置信的标题。

【速报】山县泰介，凶手＆死刑确定。家中发现第二具尸体【开着炫酷奔驰逃亡中】

点进链接，里面有一张在夜晚的马路上飞驰的奔驰车尾部的照片。是刚才那个年轻人拍的吧。照片虽然糊得厉害，但不要说车身的银色，就连刻在车上的型号和车牌都看得一清二楚。

除了焦虑和愤怒，最早袭来的是恍若失望的疲惫。

"有了照片应该能抓到了吧。""住在附近的人真的要当心，先揍后抓。""警察估计也动起来了，当地的成年男性最好帮忙搜捕。"

泰介看的还是个人运营的汇总网站，是通过联盟广告获取收益的博客，主要是以刺激性的标题吸引阅读量——再怎么粉饰也算不上新闻站点或者新闻机构。

即便如此，对于丝毫不懂网络的泰介来说，这种宛如新闻站点的网站上所写的内容，依然有着相应的分量。虽然可能没有全国性的报刊那么可靠，但至少具有相当于体育报刊的准确性吧？

如果能保持冷静，自然知道不可能在如此短的时间里得出这样肯定的结论，但泰介已经无比疲惫了。

"泰介@taisuke0701"怎么看都是泰介的账号。拍照的公园里还发现了尸体。在推断的受害者死亡时间里泰介也去过公园。还有一条推文说，"第一个人应该也好好拍点照片"，这已经暗示了尸体不止一具。第二具尸体出现在泰介家的仓库里。更让人无奈的是，装尸体的垃圾袋上有泰介的指纹。

他不懂刑法。但是杀了两个人，肯定会判死刑吧。

这样会被捕的吧。

寻求警察保护的想法，曾经还是一个选项，但目前已经失去了可行性。眼下来看，警方应该不可能端出一杯热可可招待自己，安慰说"这次可真是吃了不少苦"。更现实的是，他会在审讯室里被用近乎拷问的方式对待，然后坦白杀人的经过吧。

怎么办？该怎么办？

正在思考的时候，泰介看到前方走过来一个年轻人。他走在人行道上，左手提着便利店的塑料袋，右手在玩手机。泰介想尽量淡化自己的存在感，于是先关掉汽车的双闪灯，然后又迅速关掉车灯。明亮的灯光突然熄灭，当然会让人感觉奇怪。年轻人从屏幕前抬起头，瞥了泰介的车一眼。

不该关灯。泰介意识到自己的错误，但已经晚了。年轻人放下手机，开始一脸诧异地打量泰介的车。

不能让他看到自己的脸。

泰介在驾驶座上低下头挡住脸，但又想起这辆车的信息已经在网上传开了。银色的奔驰GLE，连车牌号都有。如果面前这个年轻人刚才玩手机的时候就是在看泰介的信息，如果自己抬起头——尽管知道可能性不会那么高，然而担忧并不容易拂去。泰介的心怦怦直跳。

人在车里不可能察觉到外面的动静，但泰介却像是听到了年轻人的呼吸声。快走吧，没什么好看的，赶快走吧。

他正在祈祷时，裤子口袋里的手机突然振动起来。泰介屏住呼吸。从振动的持续时间判断，肯定是电话。谁打来的？为了防止光线泄漏到车外，他低着头看了看屏幕，上面是外地区号开头的陌生电话。

认识的人的电话号码基本上都存在通讯录里。不要说工作相关的人，就连妻子娘家的号码他也保存了。这个号码到底是谁的？泰介正在思索，十多年前的知识忽然闯入脑海。

警方的电话号码，尾号全都是"0110"。

这是蒙着厚厚灰尘的模糊知识，不记得是谁告诉自己的，也不知道是真是假，但肯定听过。屏幕上显示的电话号码，尾号正是"0110"。

是警察。调查之手终于伸过来了吗？

右手满是汗水。接电话会有什么结果？会把自己保护起来，还是会要求协助调查？或者当场逮捕？脑海中突然浮现出"反向定位"这个词，印象中好像只要一接电话，警察立刻就会获取位置信息。冷静点。"山县泰介先生，您没事吧？我们相信您不是凶手，只是以防万一，还是想把您保护起来。"警察不可能主动打来这么亲切的电话。那么答案只有一个：这是"传唤"他的电话。

胃液涌上食道。同时，神秘信件上的文字复苏了。

"如果说还想有获救的可能，你只有一条路可走。

"逃，拼命逃。仅此而已。"

呼吸困难，泰介终于忍不住抬起头来，恰好撞上年轻人的视线。他正贴在副驾驶窗户上窥探。

泰介冲上国道，车速使身体紧紧压在椅背上。他双唇紧闭，在夜晚的乡间路上疾驰。泰介能预见三种未来的模样。

第一种是被警察抓住，第二种是被普通人抓住。

这两种未来，估计哪一种都不会有什么令人高兴的结局。

警察恐怕认定泰介是第一嫌疑人，而且没有任何能够证明自己无辜的证据，万一蒙冤起诉，新闻网站的大标题很可能会成为现实。最坏的情况下，等待自己的将会是死刑。

第二种未来尤其麻烦。如果抓住自己的人比较理智倒也罢了，如果不是，天晓得会变成什么样。"先揍后抓""当地的成年男性最好帮忙搜捕"，写是这么写了，未必会这么行动。但万一碰到脑子里缺根筋的家伙，谁能保证自己不受伤？

那么只能选择第三条路了：按照信上说的做。

只能逃跑。

虽然很想找谁控诉自己在这短短几个小时里遭遇的巨变，但既然决定逃跑，每分每秒都很重要。

爱车的车牌已经暴露，不能再开了。他驶入眼前冷冷清清的钓具店停车场。钓具店已经关门，拥有十来个车位的停车场里空无一人。泰介快速走到车后，打开后备厢，里面塞满了高尔夫球包和各种高尔夫用品。他正在里面翻找，想看看有什么能用的东西，尾号是"0110"的电话又打来了。要不要接电话，解释自己的无辜？这个念头在脑海中一闪而过，但他还是害怕反向定位。随后他终于想起，手机的位置信息已经不是用反向定位确定的了，而是靠GPS（全球定位系统）。

那么光是带着手机就很危险。

想到这一点，泰介感觉自己像是抱着一捆炸药。他举起手机，正想把它砸到地上，忽然又意识到没必要，关掉电源、留在车里就行了。

不行，要冷静。他告诉自己。脑海中回荡着白天电视节目中看到的对话。

"看他行径可疑，就知道有问题。"

无辜者不该被怀有恶意的人陷害。不能被捕，一定要绝地求生，这才是世界该有的样子。

为什么？你问为什么？——因为我是无辜的。

实时检索：关键词"YouTuber/搜索"
12月16日22时51分　过去6小时 915条推文

奏守樱希
@ohki_kanademori

发现尸体的那个YouTuber有点得意忘形，声称要去找凶手。想抓凶手的心情我懂，但是现在杀人案完全娱乐化了，恶心，看不下去。

【佩吉频道直播】尸体发现后续：逮捕山某泰介？！最强成员集结！！

大号欧卡皮
@okapi898

无名的YouTuber云集讨伐凶手,名扬天下,简直是战国时代,笑死了。

【日电新报在线】大善市案件:个人搜寻凶手行为频发　警方呼吁停止

红白@女友征集中
@shirokuro_21

这个YouTuber带着金属球棒没问题吗?越线了吧? YouTuber真的全是垃圾。

【叮咚TV】叮咚登陆大善市&搜寻凶手启动!迅速发现线索?!

Kii
@0122_kii

号称搜寻凶手的YouTuber也好,喜欢看那些视频的人也好,都忘了还有受害者吧。两个年轻女子被杀,住在附近的女性晚上肯定睡不着。我有过同样的经历,我懂的,真的真的很可怕。乐在其中的都是凶手。

堀健比古

"问题最大的就是派出所的蠢货。"

坐在副驾驶座的六浦没有说话，脸上浮现出赞同的微笑。

"居然有脸说'我以为和公共厕所无关'。"

"都是废话。全都是马后炮。"

健比古嘲讽地笑了笑，心里其实非常生气。有了尸体就没办法了。发现了尸体，设立搜查本部也是理所当然的。烦归烦，职责所在，把自己编进去也是可以理解的。但如果最先出动的派出所警察能好好履行职责，自己就不用在这个时间还要和县警一起去做排查，案件也不至于发展成追捕。

健比古本来开车就很猛，今天前面的车又比平时多，速度还慢，他更是焦躁。为了缓解情绪，他找了个无关紧要的话题。

"六浦警官，这一带你熟悉吗？"

"还算熟悉吧，"六浦的气质不像警官，更像市政府的公务员，苍白的脸颊上浮现出矜持的笑容，"毕竟是学园大毕业的。"

"啊，这样啊，很厉害。"

"不不不，虽然是理科，但是是个很边缘的专业，没什么了不起的。"

搜查本部一旦设立，行动时基本上都是两人一组。像健比古这种辖区警察，要么和同辖区的人一起做地调，要么和县警派来的搜查一科的搜查员去做排查。前者是要像压路机一样把街区前前后后走个遍，搜集信息；后者是以受害人或加害人为中心，调查相关人物，并进一步梳理各种信息。哪一项都不轻松，不过排查往往会与破案直接相关，责任更加重大，这是搜查本部的内部共识。

和他搭档的是六浦。对于健比古来说，这算是幸运的巧合。和辖区警察相比，县警明显力量更强，因而县警中不少人都对辖区警察持有过度的精英意识。由此说来，六浦算是少数几个健比古打过交道的人。虽然科室不同，但他们好歹曾在同一个部署工作过小一年。只要称呼的时候加上敬称，就不用太顾虑。另外，两个人的职级都是巡查长。

"六浦警官，你多大？"

"刚好三十。"

"三十了？"

"脸长得嫩，一直被人当孩子看。"

通常认为，能分到搜查一科，至少说明是优秀的人才，但六浦给健比古的印象是个人畜无害的年轻人。不太可靠，不过至少搭档起来不会很痛苦。

行驶在前面的汽车右转过去，终于没有遮挡视线的东西了。健比古猛地踩下油门。载着两个人的银色ALLION（亚洲狮，丰田推出的一款轿车）加速向山县芙由子的娘家驶去。

"不知道能坚持多久。"

"逃犯吗？"

健比古没有点头，微微皱起眉头。

"山县那家伙也是胆大……怎么可能逃得掉。"

问题最大的就是在首次出动时犯下错误的派出所警察，这一观点并不夸张，不过健比古也不是不能理解他们的想法。基于网络的报警，实际上90％都是谣言。

"有人发了怪异的帖子，最好调查一下。"——大部分报警都是这样，很少有什么可以被称为案件的情况。有些报警是出于有正义感的善意行动，但其中也有很多人只是想借机炒作，给发帖人找点麻烦。他们只是想用"已经报警了"来恫吓发帖人。

但不管动机如何不纯，作为警察，既然有人报警，那就不能不行动。"你还是去看一下。"上头这么下令，实际执行人当然不会有干劲。

有个账号发了一张尸体的照片,地点疑似万叶町第二公园。

报警累计二十六份。对于单一事件来说,这是非同寻常的数量。很多人即使在网上发现了某一事件也不会报警,越热门的话题越是如此。就算自己不去报警,也会有别人报警。从某种意义上说,打电话来的都是没有这种谦逊姿态的人,所以他们的报警听起来都像是在投诉一样。

"我们搜查了万叶町第二公园,没有发现尸体。"

"对照了那张照片,检查了周边的树丛。"——派出所的人这么说。那是中午12点的事。遗漏了公共厕所的他后来辩解说:"我以为和公共厕所无关。"健比古也理解他的想法。但理解归理解,既然尸体被别人发现了,那只能认下渎职的罪名。

下午3点,山县泰介打来电话,希望处理自家周围看热闹的人。当时既没有发现尸体,也不存在案件。对警察而言,山县泰介固然是在网上引发骚动的可疑人物,但这并不代表他是需要当场逮捕的对象。没有强制力,只是以防万一,希望进屋看看——这里的现场应对并没有错。如果对方拒绝,那么什么都不能做,这也是法律的规定。负责应对这件事的警察和那个没有发现尸体的警察不是同一批人,他们的应对大体没问题。

不过现在回头去看,他们误信了山县泰介说的"去车站前的咖啡馆"的信息,没有进一步追踪,这很令人遗憾。从那时起,山县泰介便消失了。

下午5点,有人报警称,在万叶町第二公园的公共厕所发现了尸体。

换了谁都想把那个没发现尸体的派出所警察骂一顿,但现在没有骂人的时间。在立刻开展设立搜查本部的准备工作后,健比古也不得不把手头的案件全都放下。因为他负责的都是小案子,没什么危害性,眼下需要处理的只有夜总会顾客打架受伤的无聊案件,还有对某个男子每天都去买柴油的可疑行径的举报——健比古很想说,人家买柴油你也要管?

"既然发现了尸体,凶手肯定是山县泰介。"——和网上这些不负责任的大呼小叫相反,警方需要进行大量的确认工作。山县泰介当然是不容忽视的嫌疑人,但并没有确凿的证据证明他是凶手。

没有立刻得出山县泰介就是凶手的结论固然是冷静的判断,但也难免让民众指责警方的无能。警方希望对此做出一些反驳和维护自身尊严的意愿,健比古也不能否认。任命县警的技术科长做搜查副本部长,也起到了反作用。现场勘查和确认遗留物品成了优先事项,这也是山县泰介得以有时间逃亡的原因之一。

开始调查尸体后,通过随身的身份证和手机,警方很快确定受害人名叫筱田美沙,大学生,二十一岁。县内有好几所大学,遗憾的是除了六浦毕业的学园大之外,其他的都称不上最高学府，只能算是混日子的培训中心，毫无意义地拖延进入社会的时间，给学生一个大学毕业的名头而已。筱田美沙也是这种三流大学的学生。

她的手机上装了交友软件。健比古对这东西不熟，没什么概念，其实这种软件的最大用处不是交友，而是寻找援助交际——按当下的流行语来说就是"爸爸活儿"——的对象。和她交往的对象名叫"泰介"，查看聊天记录就知道，她和泰介约好了见面，约定时间正是昨天20点。而推断死亡时间是20点到24点，"血海地狱"的推文是22点8分发的。一切严丝合缝。

由于交友软件使用时必须验证身份证明文件，警方立刻质询了软件的运营公司，要求提供泰介的身份信息，很快得到了回应。

定居于大善市万叶町，山县泰介，五十四岁。

也就是说，已婚人士为了寻找年轻女性注册软件，与约会的女人发生了某种争执并发展成流血事件？或者，按照推文中的说法——"顺利的处理完垃圾"——用扭曲的正义惩罚堕落的年轻女性？

自尊与谨慎最终适得其反。警方在网络骚动发生数小时之后，终于确定需要追捕山县泰介。而同一时间，第二具尸体恰好发现。关于在山县泰介家中发现的第二具尸体，技术科目前正在调查。无论如何，搜查本部内部得出了一致的意见：已经有了这么多证据，不需要再做比对确认了。

毫无疑问，山县泰介就是凶手。

"房子不错。"

"大企业大帝住宅的手笔嘛。"

把车停在路边，按下门铃。

他们事先联系过。来到玄关的是芙由子的母亲，她看到这两个人，立刻深深鞠了一躬，看样子已经承认了女婿的罪行。这总比大叫着"我女婿是无辜的"要好办。

"我是大善署刑事科的堀健比古，这位是……"

"县警搜查一科的六浦。"

母亲郑重地点点头，像是在接受上天的审判。

"我女儿在客厅。"

宛如样板房一样的客厅里摆放着舒适的沙发，芙由子捂着脸坐在上面哭泣。餐桌旁的父亲瞥了健比古和六浦一眼，表情严肃地缓缓低下头，像是不太清楚该采取什么样的态度。

他们应主人的邀请，在芙由子对面的沙发上坐下。健比古还没想好怎么开口，芙由子抬起头来。

"……是我丈夫做的吗？"

根据之前看过的资料，芙由子比健比古大一轮——应该已经年过五十了，却仍是一个颇有诱惑力的美女，散发着隐约的薄幸感。因泪水而泛红的双眼，在雪白的肌肤中宛如梦幻宝石般闪闪发光。健比古的脸上不自觉地浮现出原本并不擅长的和善笑容。

"为了弄清这一点,我们希望首先'保护'您丈夫。"

她大概是隐隐期待着听到断言自己丈夫无辜的可能性吧,健比古的话让她又低下头去,用优雅的藤色手帕捂住眼睛。健比古意识到自己正在一反常态地寻找安慰她的词句,于是清了清嗓子,驱赶杂念。

"您知道眼下有一些民众反应比较过激吗?"

芙由子颤抖般地微微点了点头。

"哪怕为了您丈夫的安全,我们也希望尽早确定他的所在位置。为此,我们需要夫人您的协助。对此您能理解吧?"

看到芙由子又点了点头,健比古取出县地图,摊在桌子上。

与逃犯的战斗就是与时间的战斗。每过一小时,难度就会翻倍。绝不能被拖入持久战。说实话,哪怕用上暴力手段,他也很想尽早逼问出信息,但让对方察觉到自己的焦急并非上策。自身的焦虑会在刹那间剥夺对方冷静的判断力。越是关键人物,越要保持冷静。

健比古拿出红笔,在泰介家所处的万叶町一角画了个圈。

"您丈夫是在晚上10点左右出现在自己家中,从这里驾车离开。"

健比古用红笔描绘出泰介的移动轨迹。

"他一直向东行驶,直到在这里被N……唔,N就是那个,您可以当成设置在路上的摄像头——在这里拍到您丈夫的车。然后再往东走了一点,在这里——"

他在钓具店画了一个大圈。

"这里发现了您丈夫丢弃的车,是营业时间结束后的钓具店停车场,位置在希土町。您丈夫可能步行离开了这里。您知道在这附近有什么您丈夫能去的地方,或者能投奔的人吗?"

芙由子还没仔细看地图,就痛苦地摇了摇头。

"请您仔细看看,"健比古盯着芙由子的眼睛,"再小的线索都可以。住在附近的朋友、亲戚,或者只去过一次的公园,什么都行。"

"……不,真的不知道。"

对于认定自己什么都不知道的人,再怎么追问也是徒劳。健比古暂时放弃追踪地点的任务,取出手机,找出泰介丢弃的汽车的后备厢照片。

"这是您丈夫留在车里的行李。"

芙由子用红肿的眼睛看向屏幕。芙由子的母亲也从沙发对面看过来。

"首先是他把手机放在这里了,估计是因为觉得带着手机有很多麻烦。毕竟不久前大善署刚刚打过电话,让他可能有点……唔,怎么说呢,可能有点慌吧。不过也多亏了这个手机的GPS，我们才能找到停在钓具店外的汽车。此外还有大衣，以及这个。"

健比古指了指照片。

"一套西装都放在这里，您丈夫换过衣服了。"

芙由子咬紧嘴唇，像是要把事实吞咽下去。

"现在的气温是个位数，他当然不可能光着身子逃跑。估计车里有替换的衣服，您丈夫换了那身衣服。车里到底有什么衣服，您知道吗？衣服是重要的线索。"

"车里的……衣服……"

芙由子念叨了好几遍，视线左右游移，像是在用无法思考的大脑努力寻找答案。过了一会儿，她抱住脑袋喃喃自语，像是在责备想不出线索的自己似的。

"放了……什么呢……"

"想不起来吗？"

芙由子羞愧地低下头。

"对不起，那是我丈夫的车。我只开小的标致车，所以里面有什么，我差不多都没看过……"

不像是为了保护丈夫而不开口，她似乎是因为慌乱，大脑无法思考，不过很可能本来也不知道车里有什么。那么下一步该从哪里切入呢？健比古正在思考下一步行动的时候，六浦的电话响了。

六浦起身离开，接完电话，将健比古叫到走廊里，把刚刚从本部获取的信息分享给他。听完消息，健比古不禁咋舌，挠了挠头，和六浦面面相觑。虽然令人无奈，但既然消息来了，也不能不跟芙由子他们确认。

他们正要返回客厅，却发现在灯光暗淡的走廊尽头有什么东西在动。那里有人。是泰介和芙由子的女儿，名字好像叫夏实。她坐在楼梯的第一级台阶上。

听到自己说的话了？带着确认的意思，健比古朝她微微鞠躬。

"对不起，打扰了。"

夏实没有回应，消失在里面的房间。在关门声响起的同时，传来抽泣的声音。她在哭吧。这也难怪，自己的爸爸惹出这么大的骚动，心里肯定不好受。两个人一边同情她的遭遇，一边返回客厅。

"请冷静地听我说"这种开场白反而会让对方慌乱，但又不能不说。面对不安的三个人，健比古只能挤牙膏似的告诉他们。

"刚才说到的钓具店，南边几公里的地方，发生了一起伤害案。"

他小心地选择措辞，尽量避免引起恐慌。

"犯人已经被捕了，不过关于案件的原因，犯人交代，'发现了一个网上热门的逃犯，想去抓住他'。所以犯人出声喊住他，但遭到抵抗，于是动手打了他。"

芙由子瞪大眼睛，泪水扑簌簌滴了下来。

"受害人目前昏迷不醒，没带什么随身物品，无法确定个人身份，不过赶到现场的警察说，体形和您丈夫相似。但是……很抱歉这么说，现状是他的面部受伤严重，无法通过相貌辨别身份。"

理解了健比古说的意思后，芙由子显得有些喘不上气。母亲紧闭双唇，稍远的父亲表情也越发严肃。

"照片也发给我们了，我先把面部挡住，请您看下身体的照片。不知道能不能从衣着上确认是不是您丈夫。"

芙由子当然不可能马上就回答"没问题"。只有呜咽声持续不停。母亲看到她那副样子，比谁都焦急，主动举手说自己也能确认。

"哎，完全不对。"

母亲话音刚落，勉强平静了一点的芙由子也表示照片里的人不是泰介。健比古担心她们只是出于愿望，其实并不确定，为了确认，他又问了一遍。

"他没有这样的衣服，而且气质还有手指的粗细都不一样。"

让凶手轻易逃走，还被普通民众发现行踪并施加私刑——这关系到警方的脸面。但总之，这对警方而言是个好消息。不用再追了吗——健比古本来怀着这样的预感，心情稍稍放松了，现在又紧张起来。他擦去额头的汗水。

也许是紧张到了极点，母亲用一种已经受够了的气势，猛地吐出一大口气。

"我总觉得迟早会有这么一天。"

听到母亲突然插话，芙由子抬起被泪水打湿的脸。

"警察先生，我一直反对他们结婚。那个人啊，心理有点阴暗，总是想着自己，不能体会别人的情绪。很奇怪，非常奇怪……我从第一次见面开始，一直都这么觉得。"

"……妈妈，别说了。"

"一般总要打个电话吧？发生了这种事情，首先要给家人说声'对不起，让你们担心了，我没事'什么的吧。连这个也没说，全都是自顾自的。他就是这种人，阿夏也真可怜，被他坑苦了。最后的最后还弄出这么可怕的案件，把所有人的人生都搞得一团糟……"

"妈妈！"

芙由子打断的声音大了些，母亲不高兴地皱起眉头。

"芙由也是，连丈夫车里有什么东西都不知道，这是做妻子的样子吗？通常总该知道的吧？你爸车里有什么东西，我可全都知道。你爸有哪些朋友，会去哪些地方，一般来说哪有家里人不知道的，可是你这个孩子……"

"你是说我做得不对吗？"

"请冷静。"

芙由子喊叫起来的时候,一直保持沉默的六浦出来打圆场了。

"泰介先生目前还是平安的,而且也没有确定他是凶手。"

健比古觉得最后一句有点多余,不过六浦营造的柔和气氛确实安抚了芙由子和母亲的焦虑。现在没时间应付她们的拌嘴。健比古重新用红笔在地图上画线。

"如果是体力充足的马拉松运动员,或者是拥有丰富生存知识的自卫队队员,情况另当别论,但一般而言,普通人在夜晚的道路上走不了太远。"

还有一种没说的情况是凶手和家人共谋,制订了缜密的逃亡计划,不过他们没有勾结的迹象。为了获取新的信息,目前需要她们的协助。健比古判断,需要公开一部分搜查情况了。

"从您丈夫启程到现在经过了一个小时左右,一个小时10公里,差不多是极限了。那么以钓具店为中心,半径10公里,也就是说,您丈夫就在这条红笔画的斜线里。另外,从人的基本心理来说,他不会原路返回。明明是开车经过的路程,还要徒步往回走,人的本能会排斥这种做法。所以希土町的西面可以忽略。那么您丈夫应该就在这一带。"

健比古画出的区域非常小,芙由子和母亲都露出安心的表情。

"然后，这里、这里、这里，还有这里——这四个地方设置了检查站，您丈夫一旦通过，马上就会被发现。在这个区域内，机动搜查队也正在拉网搜索。他们都是专业的搜寻人士，肯定很快就会找到他——我想是这样，不过现在一些民众很有攻击性，就像刚才那种情况，所以我们需要尽可能迅速地保护您丈夫的安全。"

客厅里肆虐的狂风悄然平息下来。芙由子收住了眼泪，呼吸也平静了许多。健比古又问了她一遍。

"您可以慢慢想。关于您丈夫可能去哪里，您有线索吗？"

芙由子不安的视线落在地图的红框中。健比古把身子靠在沙发背上，避免影响她的思考。

"对不起，我想问您一个问题。"

六浦突然插了进来。

"昨天晚上9点左右，有人在万叶町第二公园目击到一位疑似泰介先生的人。方便问问那个时间段您家通常都在做什么吗？"

"昨天9点多……是吗？"

"对。"

在健比古看来，这个问题完全没有意义。他不懂六浦的意图，感觉有些烦躁，不过芙由子已经开始回忆昨天晚上9点的事了。

"每周四我都值晚班,所以我是在公司。女儿报了补习班,那正好是补习班的时间。至于那个时间我丈夫在家里做什么……我就……"

"谢谢。"

芙由子再次将注意力集中到地图上。六浦又将健比古喊到走廊里。发现夏实没在走廊,他才压低声音说,有件事情他其实挺在意的。

"和刚才的伤害案件一起发来的后续消息。"

"后续消息?"

"据说提交给交友App的身份证明文件,用的是社保卡。"

"……那怎么了?"

"一般都是用驾照的吧?"

假设是在自己房间里注册,然后想起驾照一直放在客厅,但社保卡就在眼前的柜子里;同时又对自己搞这种下流事心存愧疚,不想出现在有家人的客厅里,所以就拿手边的社保卡注册吧——诸如此类的心理活动可以想出好几种。健比古惊讶于搭档出乎意料地蠢,不过还是应了一声"所以呢",催他往下说。

"还有更奇怪的……"六浦先说了这一句,接着说道,"刚才我拿到了那个发送问题推文的Twitter账号——名为'泰介'的账号——的IP。也就是说,现在知道那些推文是从哪里发出去的了。全都是从山县泰介自家的Wi-Fi路由器发出去的。"

这不是很好吗？可以断定山县泰介就是凶手。但六浦的结论却和健比古完全不同。

"你会特意用自家的Wi-Fi路由器发送推文吗？"

"我这个大叔有点听不懂，六浦警官想说什么？"

"比方说吧，你看到一个美丽的景色，把它拍下来，加上文字，打算发推文。在这种情况下，一般来说都是当场就发的。可是那个'泰介'的账号，所有推文全都是回到家后再从自家的路由器上发出去的。没人会这么干。太奇怪了。所以我提出了调查申请，想看看刚才网上记录的设备名，和山县泰介放在车里的手机型号是不是一样的。"

"我说，六浦警官，"健比古开玩笑地说，"大叔这种生物啊，就是会搞一些让人摸不着头脑的事啊。"

六浦预感到自己的意见会被无视，因而有些失落，这一点健比古也明白。没什么比内讧更麻烦的了。如果结案以后县警中传出流言，说健比古的态度有问题，那自己有可能被卷进无聊的争议中。于是他用近乎夸张的亲切态度揉了揉六浦的肩膀。

"好多年前的事了……我喜欢迈克尔。嗯，就是那个迈克尔·杰克逊的迈克尔。我特别喜欢他那个*Bad*的PV（音乐发行时所制作的同步宣传影像），经常在电脑上看。导演是斯科塞斯，拍得真不错。'哎呀，还想看一遍……'每次这么想的时候，我都是先开电脑，打开浏览器，在搜索框里输入'You-

Tube'，然后访问，再在网站上输入歌曲名，然后从列表里选择视频——直到后来有个同事告诉我可以把网页添加成书签，我才意识到自己有多蠢。本来登录收藏夹，点一下就能看的。"

六浦明白健比古想说什么，他像是为了说服自己似的，轻轻点点头。

最初发现的女子，死因不是刺杀而是绞杀。没有检测到凶手的指纹，但在颈部找到了绳索的痕迹和吉川线（试图扯开绳索时的指甲抓伤）。根据尸体的状况，技术科认为她是坐在长椅上时被人突然从背后勒死的。一旦确定腹部的伤口是死后造成的，那么大家自然会产生疑问：为什么凶手死后还要刺伤她？对此，技术科的年轻女性做出了推测。

"会不会是为了'上镜'？"

被勒死的尸体作为照片太没意思，所以才在腹部补上一刀。

无论如何，真相只有凶手知道。绞杀她的绳子还有刺入腹部的菜刀，都在山县泰介家的仓库里找到了。不管是用社保卡注册，还是从自家路由器发推文，都不可能轻易撼动嫌疑人的身份。

凶手无疑就是山县泰介。

为了尽快抓到山县泰介，需要他妻子芙由子的证词。健比古看了一眼客厅，芙由子正在一脸严肃地查看地图。

肯定能找到山县泰介。对健比古来说，唯一担心的是，热血上头的普通人会不会抢在警察之前找到他。

"……要是能想到什么就好了。"

"是……啊。"

然而和两人想法相悖的是,泰介一直没被找到。

这是因为,泰介已经处在警方画的红线之外了。

实时检索:关键词"流浪汉/袭击"

12月16日23时56分　过去6小时 656条推文

邮政太郎
@postpostpost_post

网上已经有那么多照片了,看清楚长相再动手啊。整张脸都打得凹陷下去了,这是就奔着打人去的吧。不管怎么说,一切的罪魁祸首还是逃窜的凶手。

【经产新闻电子版】大善市流浪汉遇袭 "以为是网上盛传的杀人犯"

三代吉
@kichi９_miyo２

能被认成流浪汉的白领也是够惨的。

> 【经产新闻电子版】大善市流浪汉遇袭　"以为是网上盛传的杀人犯"

春
@kiyoshi_hayato_3150

【求转发】本次流浪汉遇袭的凶手不是"叮咚ＴＶ"。没有任何信息表明凶手是YouTuber，误会的人太多了。认真看新闻，搞清楚真相啊。诽谤可是犯法的。

三井明
@akira_mitsui1107

袭击流浪汉绝对不行。但只要大家齐心合力，肯定能抓到山县泰介。当地人请加油，我也会在北海道支持你们，肯定能抓住他。大家一定没问题！

山县泰介

跑。埋头跑。

泰介保持着平时培养出来的正确姿势、步幅和呼吸方法，埋头在夜晚的道路上奔跑。他呼出的气息化成白色的球体，在夜路上留下一条轨迹。

跑步是他的每日任务。说到这个的时候，大部分人都会笑着回应说，真不错啊，慢跑很舒服的。虽然知道他们误会了，但泰介也不会去纠正他们。他并不打算参加马拉松或者铁人三项比赛，只是不能忍受自己从学生时代开始为了在第一线战斗而锻炼出来的肉体，随着年龄增长而逐渐生锈。人即肉体。肉体是人的一切，肉体的腐败等于人的腐败。

每周一和周四的傍晚，他会用一小时的时间跑出10多公里，在终点的公园进行细致的拉伸运动，再花30分钟，用轻快的慢跑跑回家里。这不是为了特定的比赛，不是为了健康，也不是为了面子，只是为了保持自我而强加给自己的习惯。

接下来该怎么逃？泰介在后备厢旁边抱头苦思的时候，忽然想到高尔夫球包里装着替换的衣服。高档的高尔夫球场固然需要西装夹克，但偶尔去一些规则没那么严格的三杆洞时，他也会直接穿着高尔夫球衫过去。打完球洗个澡，换回便服，随手把运动裤和打球时也能穿的运动夹克塞进球包里。自己把这事彻底忘了，真是侥幸。

换上吧。

穿着西装在夜路上狂奔会显得很奇怪，换成运动装束就没问题了。

虽然大型SUV宽敞，但要在里面换衣服还是有点挤。泰介弓着身子换好衣服，把皮鞋也换成了运动鞋，还戴上了帽子。帽檐上的磁吸式标志总有种打高尔夫的氛围，泰介把它摘下来，塞进挎包。提包忘在自家玄关了，幸好贵重物品都在身上。他把钱包也塞进挎包，还有那封来自"Sezaki Haruya"的警告信，也装回信封一起塞进去。泰介花了几秒钟思考还要带什么，决定还是尽快离开的好。他把挎包背到肩上，免得阻碍自己跑步，随后跳到车外。

冰冷的空气让泰介哆嗦了一下，他知道一旦跑起来，身体很快就会变热。他朝海岸线向东刚跑了几步——啊，真的能逃掉吗？一头闯入前方不可见之处的恐惧刹那间让他身体僵硬，但已经别无选择了。不能回头，不能放弃，不能停下。

不管平时怎么锻炼，跑步本身并不容易。如果要保持一定的速度，那总会伴随着相当的疲惫与痛苦。呼吸困难、口渴、煎熬、渴望休息，满脑子都是这些念头。

不过对于现在的泰介来说，这些反而是好事。接下来该怎么办、接下来会怎样——正因为没有多余的精力担忧将来，反而可以昂首挺胸，专注于奔跑。起初每次和人擦肩而过时，他的心脏都会像被挤压似的揪紧，不过慢慢地，泰介开始被错觉包裹，以为自己和往常一样，正在完成自己的跑步任务。

不是逃跑，只是奔跑。只要埋头跑步就好。

穿过希土町，沿着小流的海岸线北上，他漫无目的，只是为了跑而跑，跑到身体实在受不了而终于停下脚步的地方，是光山市的外缘——距离钓具店17.6公里。

已经是第二天的凌晨1点了。拉着卷帘门的商业街估计就算是白天也没什么人气，在这深夜里更是完全没有声息。没有行人，也没有街灯。泰介对这里一无所知。他后悔跑得毫无计划，但又安慰自己说，本来逃跑也不可能有什么计划。无论如何，对他而言，没有人烟是好事。最可怕的是积极搜寻自己的野蛮人群。如果被他们追上，搞不好性命难保。

泰介调整着紊乱的呼吸，一边关注周围的情况，一边按下眼前自动售货机的运动饮料按钮。饮料一吐出来，他便飞快地躲进狭小的巷子，一口气喝光。潮热消退带来的舒适感只持续了几十秒，汗水一停，冬夜的寒风便开始无情地夺取体温。回想起来，最后一顿饭还是中午在家庭餐馆吃的意大利面，大半天都没吃过像样的东西了。饥饿、疲劳，以及无法言喻的孤独和绝望，再加上寒冷的催化，泰介蹲坐在地上，像石头一样抱成一团。

去便利店吗？这个想法在脑海中一闪而过。大概不会有大衣卖，但总会有热腾腾的食物。钱包里至少还有5万日元现金，什么都买得起。虽然不知道最近的便利店在哪儿，但就算是偏僻的小镇，只要跟着车站路牌走，总能找到一家吧。

但他怕监控摄像头。好不容易跑了这么远，一旦被摄像头拍到，一切努力都会化作泡影。担忧让泰介的身体更加僵硬。在冰冷的空气中，体力毫无恢复的迹象。他很困，但又睡不着。

一个个选项被无情地逐一排除，泰介强压着想要叫喊的冲动，摸索可行之道。

"哎呀，跑到这儿了？"

泰介暗叫糟糕，已经错过了逃跑的时机。

年过六十的瘦削女人朝他走过来，脸上的表情就像是看到了一个迷路的孩子，手上拿着一根长长的金属棍。是武器？——他差点因为这个愚蠢的误会摆出防御姿势，不过马上意识到那是升降卷帘门所用的工具。仔细看去，隔了三家店铺的小小窗户里透出隐约的灯光，上面挂着一块招牌，写着"水滴"的店名，不知道是卖什么的。原来还有店在营业。

总之，自己被人发现了。现在怎么办？怎么撑过去？

"你干了什么？"

不管是"跑到这儿了"，还是"干了什么"，这两个问题他都没办法回答。你犯了那么重的罪，所以被赶出了大善市吧——这是如同神谕般的讥讽吗？泰介用他那无法思考的大脑做出奇怪的解释，同时咽下口水，判断在最坏的情况下要不要把那个女人推开逃走。但是他疲惫不堪的身体无法再像平时那样用力。站起身、跑出去——又能逃多远呢？他的焦虑就像涡轮机开始旋转一样加速。

"来还是不来，快点想好。"

女人似乎有点不耐烦，用金属棍轻轻敲了敲左手手掌。

看来她并没有打算攻击自己。别说没打算攻击，甚至好像还想包庇自己。为什么她要包庇一个全世界都认为是罪犯的人？想到这里，山县泰介终于意识到她不认识自己，也就是说，她不是关注网络信息的那一代人。

"我不知道你干了什么，反正回不去了吧？不来我就关门了，要来就快点。"

她好像把自己当成被妻子赶出家门的可怜丈夫了，理解慢慢跟上了现实。这可太求之不得了。

"能让我躲躲吗？"

泰介为自己下意识说错了词而担忧，但她误会在先，这样的说法在她听来好像也比较自然。

"我就是靠你们这种男人赚钱过日子的啊。"

"水滴"是一家小酒馆，一面墙上整齐地摆着酒瓶，店里播放着当地的广播。吧台可以坐六个人，还有两张四人座的桌子，其中一张桌子的座位上挂着一件深蓝色的防寒夹克，泰介以为店里有客人，吓了一跳。女人察觉到泰介的担忧，笑了起来。

"那是人家忘在这儿的。一直没来拿，又没地方放，我就没动。"

逃亡之旅在一个店铺中断了，泰介对于这样的结果有些抵触，但他已没有体力拒绝被拯救的善意继续逃亡，也没有相应的计划。屋里暖气开得有点过于足了，他感觉到颤抖的身体慢慢平静下来，同时也逐渐认定自己的判断没有问题。

"出轨了吧？"

泰介猫腰坐在吧台前，女人给他端来一盘腰果，眯起眼睛，像是看透了世间万象似的。她太瘦了，不太健康的样子，相貌也不是不漂亮，但洋溢着一种从年轻时就以夜晚和酒精为生的人所特有的疲惫感。眉毛拔得干干净净的，随意画成锐角的眉峰格外引人注目。

"看你就像那种男人。"

放在平时，泰介早就拉起脸质问：凭什么这么不负责任地乱说话？但是现在他没有闲心在乎这些。这里真的安全吗？能在这家店待多久？泰介警惕地吃下女人递过来的腰果。女人探出身子，催促般地说："是吧？"

泰介决定先顺着她的意思说。"你看出来了？"

"我从小就有这种直觉，当然看得出来。不想看都不行。"

"……你上网吗？"

"哎？"

泰介实在太想搞清楚她到底知不知道这场骚动了，忍不住没头没尾地问了这一句。问完他就后悔了，感觉自己的问题太莫名其妙了，好在女人顺着泰介的话做出了自己的解读。

"网上认识的？"

"啊，嗯。"

"我不上网。要搞什么麻烦的申请啊，设置啊，我就都扔给儿子去弄。这家店好像上了什么评分网，也不知道怎么回事。我从来没上过网。"

"哦，这样啊。"看来她暂时不会发现网上的骚动，泰介松了一口气，随意聊了下去，"您儿子呢？"

"败家子，已经三十好几了，也不找工作，什么都不做……今天也不知道死哪里去了。"

"今天？"

"他还住在这里，就在楼上。已经完全是个废人了，跟他爸一个德行。我是看不惯，但是我说什么他都不听，他懒得要死，游手好闲——喝点什么吗？"

"……那，威士忌吧。您儿子快回来了吧？"

"真要是回来就好了。加冰吗？"

"……不用。"泰介不想和三十岁的人打照面。听她的口气，儿子应该不会回来。泰介放下心来，用女人递过来的毛巾擦了擦脸。

吧台后面好像有个小门，能出去，紧急时刻可以从那儿逃走——泰介在脑海中反复模拟路线，不过女人说今天干不动了，把卷帘门落下一半，这让泰介的紧张缓解了很多。至少一时半会儿不会有人进店了。

"有什么吃的吗？我想垫垫肚子。"

"有真知子炒面，不过别太期待味道。"

"真知子？"

"我的名字。"

确实，味道一般，但对此时的泰介来说，却到了好吃到哭的地步。看到泰介狼吞虎咽的样子，真知子也很开心，满脸带笑地说着："哎呀，真有那么好吃吗？其实我还是有点自信的，要不当成招牌菜推荐吧。"

填饱了肚子，又有威士忌喝，微醺的状态让泰介的心得到了放松和滋润。毕竟不能喝得烂醉如泥,泰介还是控制着饮酒量,不过他也清晰感觉到胃部涌现出的温暖和活力。没有客人来。店主是第一次见,没有任何联系。谁也想不到自己在这里。只要待在这里,就没人能找到吧。

他很牵挂家人,也想把自己的情况告诉她们。不过就算她们以为自己找到了挡风遮雨的地方,也没什么问题。他的精神状态一点点恢复正常,就像水滴落在风干的心上。

舒适归舒适,终究不能永远住在这里。泰介本想等到体力恢复到一定程度就走,但睡意让他睁不开眼睛。而且他也没想好逃亡目的地,虽然恢复了冷静,然而被稍微冲淡的混乱和犹豫仍在持续。

泰介随意环顾店内,看到店里挂着一件老虎图案的夹克衫。虽然看起来很没品位,但既然挂在店里,说明那应该是有故事的东西吧。"那是什么?"泰介问。

"那是当年大波宪一放在这里的。"

没听说过。店主说,他算是宇崎龙童的小弟,虽然没有直接的关系,但借此出了道,以前算是个挺有名的歌手。这么一说,泰介觉得好像听到过这个名字,但又像是第一次听说。他失去了兴趣,但真知子却用怀念的眼神盯着那件衣服,像是在回忆往昔。

"那时候啊,真是有干劲。"

"……你说谁？"

"全部啊，全部。"真知子叹了一口气，喝了一口酒，"这一带挺热闹，客人也多。现在啊，你看，年轻人都不喝酒了。怎么说呢，从昭和快结束的时候我就感觉到，男人越来越窝囊，现在彻底废掉了，没有精气神。年轻人给自己找理由倒是挺行，但已经没有主心骨了。"

这话不能不赞同，但泰介并没有心情闲聊。他脑子里在想别的事，只是为了不破坏店主的心情，做出一副正在倾听的样子随声附和而已。也不知是不是装得太像，真知子借着广播中宛如摇篮曲一般的爵士乐，滔滔不绝地讲述起自己的前半生。

为了实现开一家小餐馆的梦想，她高中毕业后就来到了东京，但邀请她实习的地方说是餐馆，实际上是夜总会，这成了不幸的起始。被一个无耻的男人缠上，被迫承担不该有的债务。别说辞职，工作反而越发繁重。她拼命工作，好不容易和那个男人清算了关系，又通过另一个男人在酒吧找到了工作。刚为自己终于能在餐饮店实习而开心，结果干到第三个月，老板连薪水都没付就趁夜跑了。虽然没有直接关系，但那段时间她和男朋友的关系也开始恶化，很快发展到对方日常对她拳打脚踢的地步。她担心照这样下去性命难保，于是一路逃到横滨，在这里找到了工作，也终于和一个看起来挺正常的男人结了婚。她在丈夫的故乡光山市开了"水滴"这家店，同时也有了孩子，一帆风顺。啊，人生终于步入正轨，忘却过往的遗憾吧——正当她全身心地感受到希望时，丈夫带着攒下的二十万日元人间蒸发了。再也不指望男人了，她立下誓言，一边拉扯孩子，一边埋头经营留下的小酒馆。至少希望孩子学有所成，能做个正经人吧。然而这个愿望也落空了。孩子高中辍学，至今过的都是疯疯癫癫的日子。

"我越是努力，周围人越是扯我后腿——一直都这样，一辈子都这样。我本来都想好不再指望别人了，但是现在人口减少，年轻人又不喝酒，结果你看这店里。现在的孩子啊，谁都不想努力，也不做爱，也不生孩子，没有上进心，酒也不喝。真是……想来想去，还是我们这一代最吃亏。对吧。"

泰介并没有认真听她说，心里也认为她缺少反省，说到底是她自己不会看男人。她的日语也说得不对，好多地方都省掉了助词，这也就算了，好歹还能忍受，但是她把"明日黄花"说成"昨日黄花"，还把"发酵（jiào）"读成"发xiào"，泰介感觉越来越不舒服。如果不是现在情况特殊，自己肯定要纠正她。不过把这些问题暂且放到一边，重点关注她所表达的"自己没有错，都是因为别人才受到伤害"这一点，又让泰介对她产生了不少同情。

显而易见，自己现在面临的就是同样的情况。仔细想来，在所有的情况下，自己都是受害者。随着少许酒精的循环，舌头也慢慢恢复了灵动。虽然不能直接说自己受人陷害正在逃亡，但小小地发泄一下不满，应该没什么问题。不知不觉间，在小酒馆这种场所自带的倾诉属性的加持下，他盯着杯子里的威士忌，开始了自己的抱怨。

无能的老板，愚蠢的部下，缺乏干劲的外包公司，无理取闹的顾客。泰介每说一条，真知子就会表现出赞同的反应。哎呀，真过分，太可怕了，不是你的错，太难为你了。本以为她很以自我为中心，没想到真不愧是做客人生意的，很善于倾听。几个小时前掠过泰介脑海的回忆重新苏醒，他甚至说起了平时很少提及的家庭烦恼。

"刚才你说了你儿子的事，其实我家女儿以前也有过麻烦。"

"哎呀呀。"

"她特别早熟。明明还是小学生，居然在网上——就是那种什么交友网站——认识了一个二十多岁的男人，还答应和人家见面。你也知道，那种男人肯定有什么企图，坏到透顶，就是叫什么来着……"

"恋童癖。"

泰介点点头。"我好歹拦住没让他们见面，但那家伙是个罪犯，已经有好几个女孩子遇害了。"

"哎呀，抓到了吗？"

泰介又点了点头。真知子欢呼了一声"太好了",连声说着"您女儿平安无事真是太幸运了,女孩子太早熟难免会遇到这种事,现在网上的坏人太多,社会太糟糕了,幸好有您保护女儿啊",泰介感觉很舒服。

回想起来,自从"泰介@taisuke0701"引发骚动以后,这还是第一次有人和自己共情、对自己表示赞同。"不是你的错,你做得很好,是这个社会太奇怪了。"很久没有听到这么温暖的话语了,泰介感觉自己仿佛是有生以来第一次受到父母表扬的少年。"太可怕了,你明明一点都没错,却受了这么大的苦。"就连实际上她并没有说过的安慰话语,也仿佛在耳边回荡起来。

对啊,这是一个邪恶的阴谋,我是完全无辜的完美受害者。

一想到这里,真知子说的那些抱怨,全都成了让自己愤懑的毒药,在心口剧烈翻腾起来。

然后,泰介最终产生了一个想法。灵光一现,甚至让他奇怪自己为什么之前没想到过。

为什么要逃?为什么畏首畏尾?为什么一直在想该怎么躲?

我应该亲手抓住真凶。

到目前为止,还不知道凶手是谁。但如果是一个不认识的人,不可能对自己的情况这样了如指掌。只要仔细调查,应该能抓住凶手的尾巴。罪大恶极的凶手陷害良善人士,却躲在暗处窃笑。事情不该这样。就算被警察抓住，只要自己能提供真凶的线索，就有机会证明清白。

真知子又开始抱怨起儿子。泰介心不在焉地听着，暗自下了决心。今晚先在这个小酒馆过一夜，但是明天一早就要寻找抓捕凶手的线索。那么目前需要再看看那些有问题的推文——正当泰介疲惫的大脑思考具体计划的时候，广播从天气预报转到了深夜新闻。

泰介本来没注意过广播，但是忽然听到"大善市女大学生遇害案"，立刻紧张起来。幸好真知子沉浸在自己的唠叨中，并没有认真听，但如果她仔细一听，很可能就会明白些什么。泰介摆出迎合真知子的模样，看着她频频点头，同时调用其他所有感官，将注意力集中在广播上。

新闻里首先介绍了案件的概要，然后公开了公园厕所里发现的遇害者的姓名。筱田美沙——果然不认识。新闻还提到了在泰介家里发现的女性遗体，只是身份还没查明。

主持人用冷静的声音说："警方推测户主可能了解某些情况，目前正在搜索。"泰介心里一紧，随后主持人又说："户主目前行踪不明。在希土町钓具店发现其车辆，车中找到了疑似户主之前身穿的西服。警方推测户主目前可能换上了运动服装，正在全力追踪。"

泰介打了个寒战。真知子会不会注意到"运动服"这个词？

不过她正在忙着批判那些把儿子诱入歧途的狐朋狗友。很好,继续说吧。泰介不住地点头,做出有点夸张的共鸣表情,鼓励她继续唠叨下去。

行了,新闻快点报完吧。不不,再多给我些信息。

在互相矛盾的心情中,主持人的一句"下一条新闻"让泰介叹了口气。终于结束了,不,怎么结束了。然而还没松口气,下面的新闻又让泰介大吃一惊。

"16日晚,希土町四丁目发生伤人事件。一名三十多岁的男子,在路上殴打一名疑似流浪汉的五十多岁男子,致使受害人重伤昏迷,已被送往附近的急救中心治疗。被捕男子对罪行供认不讳,称:'我以为他是网上盛传的逃犯,抓他的时候他还反抗,我就打了他。打得有点狠。'"

泰介的手握紧了玻璃杯。

原本以为只会在网上耀武扬威的网民,竟然真有伤害自己的意图,他感觉到无法言喻的恐惧。当然,他知道自己可能会遭受袭击,也预想过最坏的情况。但当这种情况真的发生时,带来的冲击是完全不同的。真的有人会动手,而且会把人打到不省人事的程度。他无法控制饮酒量,喝了一大口威士忌,重重叹一口气,再喝一大口。

既然上了广播,电视和网络也不大可能不报道。自己穿着运动服到处逃窜的事情肯定已经被各种媒体报道过了。泰介估计再以现在的着装在外面走动可能会很危险。

有什么能换的衣服吗——不可避免地，他的视线被墙上挂的纪念品吸引了。

"……那件夹克真不错。"

"嗯？哦，是啊，怎么突然说起那个？"

"也没什么……那件卖不卖？"

"别逗我啦，哪里会有人把传家宝卖掉啊。"

泰介试图想出一个稳妥的办法让店主把夹克卖给自己，但醉意让他的脑子无法正常运转。一定要抓住凶手的决心、遭到袭击的流浪汉、自己的穿着打扮已经暴露——所有信息在脑海中纠缠在一起，他的思绪变得异常纷乱，只能继续喝酒。当他模模糊糊地察觉到真知子打哈欠的次数越来越多的时候，额头上传来重重的冲击，原来是打瞌睡的时候脑袋撞到了玻璃杯。他用力摇了摇头，想把睡意赶走，但没那么容易。早上6点半起床，一过中午就被卷进麻烦，又在深夜跑了17.6公里，肉体当然已经到达极限了。

泰介感觉自己睡了15分钟左右。糟糕——他慌慌张张地从吧台上抬起头来的时候，发现真知子已经不在面前了。望向入口，只见原本拉到一半的卷帘门打开了，嵌在门上的磨砂玻璃透出外面的白光——天亮了。一看手表，早上7点5分。睡了那么久？虽然睡相糟糕，好在头脑清醒了。他正忙着梳理情况，却听到外面传来低低的说话声。泰介突然意识到自己并不是自然睡醒的。

其中一个声音分明是真知子，另一个声音是年轻的男子。听不清他们在说什么，但能感觉到那个男子刻意压低了声音。仔细看去，磨砂玻璃后面有个模糊的黑色人影。

"那又怎么样？干吗要怪我？我又不知道。"

像是要劝解真知子的怒吼似的，男子的音量稍稍提高了些，泰介这才听清他在说什么。

"你声音太大了，当心吵醒他。"

笼罩在脑海中的迷雾彻底散去，泰介小心地站起身来。和真知子说话的恐怕就是她那个儿子。听他说话的语气，好像趁睡觉的时候看过自己的相貌，而且他知道网上的骚动，所以他没有惊动泰介，单独把真知子叫到店外去了。

既然已经暴露，那只能逃跑了。但即使情况紧急，泰介也不想白吃白喝。他在吧台上放了一万日元当作打扰费，不过随后想到要拿走人家的传家宝，应该再多给一点，于是放了两万日元。他把大波宪一的虎头夹克轻手轻脚地从衣架上取下来，穿到身上，又想到一旦离开这家店，估计很长时间里会吃不到任何东西，便又喝了一杯，然后背上挎包。准备从后门出去的时候，他重新想了想要带的东西，取下挎包，再重新背上。

外面是一条狭窄的小巷。从啤酒柜旁边穿过，来到商店街的主干道上。本来他还担心人流汹涌,结果早晨的商店街依然冷冷清清的,空无一人。绝大部分店面都还拉着卷帘门。泰介走过商店街,一直来到国道与县道交会处的宽阔路口,也没遇到一个人。虽然在运动夹克外面多套了一件,但还是挡不住冬日的寒冷。泰介缩起身子。

和昨天一样,他又踏上了逃亡的旅程。但泰介的内心却发生了天翻地覆的变化。

不是逃,是追。

当然,肯定会有危险的民众,警方也很可能会把他当成嫌疑犯不断追捕,这些都迫使泰介东躲西藏、一路逃亡。但即使如此,对于泰介来说,他的心态已经变了。敌人不是追在后面,而在前方。

在小酒馆里他就想到过,为了追查真凶,需要找到与罪犯相关的信息。只能上网了。但他的手机留在了车里,只有依靠他人的帮助才能上网。

泰介抬头看了看路口的标志牌。继续往前走,就能抵达神通郡。

泰介对光山市不熟,但去过好几次神通郡。他知道车站和几家餐饮店的位置,还有个从前的下属住在这里,只是现在跳槽去了医药企业做销售。泰介做过他的证婚人,经常带他去打高尔夫,对他就像亲生儿子一样——虽然年龄差没那么大,但在以往的下属中，自己对他的关照确实是数一数二的。三年前他跳槽的时候，泰介也慷慨地给出了超越公司上下级关系的建议。

"泰介@taisuke0701"的伪装确实完美。公司几乎所有人都上了当，这一点泰介也理解。如果给他一点时间，他肯定能消除误会。虽然这听起来有点自夸自赞，但泰介毕竟是有人望的。只要冷静下来，他们肯定会明白，自己不可能是网上那种做出疯狂行径的人。

去找他帮忙。泰介确定了目的地。

估计警方已经列出了自己可能前往的地点清单，不过总不至于查到已经不是大帝住宅在职员工的人家里吧。只要找到他，情况就会好转，就能获得一个藏身之处，不是小酒馆那样的临时潜伏地，而是可以躲藏几天、几周甚至几个月的基地。

距离神通12公里。泰介把帽子拉低，跑了起来。

实时检索：关键词"小酒馆/山县泰介"
12月17日8时11分　过去6小时 1228条推文

高信
@dropndrop123

我家旁边的小酒馆来了好多警察。偷听了几句，好像说是把山县泰介藏了一天，珍贵的虎头夹克也被偷了。一想到杀人犯就在旁边待了好几个小时，真是后怕。看来现在不适合通宵打《恶龙猎人》(←你够了)。

中野太一
@taichi_nakano1112

这要是真的，搞不懂为什么不报警，还把他藏起来。就算是熟客，难道还想包庇杀人犯吗？小酒馆的店主也可以判死刑了。明明把人交出去才对社会有益，脑子真是进水了。

> 我家旁边的小酒馆来了好多警察。偷听了几句……

猴王@执政党下台
@boss_monkey_z

哎,这意思是穿着虎头夹克逃跑了?那不是很显眼吗?马上就能抓到吧?太蠢了吧?

> 我家旁边的小酒馆来了好多警察。偷听了几句……

只说真话的爱国者
@japanpride0211d

具体情况不清楚,小酒馆的店主一般都是中老年妇女吧?山县泰介的相貌只在网上流传,不上网大概不知道?如果是这样,那么最大的问题还是电视台和警察没有公布相貌。你们倒是把照片公布出来啊。

> 我家旁边的小酒馆来了好多警察。偷听了几句……

住吉初羽马

"如果继续采用多数表决的方式,我们年轻人在选举中的价值就无法体现。不管怎么呼吁投票,在数量上赢不过老年人。"

没错,就是这样。真的太蠢了。不能再这样下去了,必须改变。

"政治是为了谁?是对未来的投资。可是不光投票者,连政治家也都是老年人,对吧?结果政策都很短视。就算犯了错,未来二三十年受影响的也不是他们,那时候他们早就卸任了。这种制度从根本上就有问题。"

确实如此,我也这么认为。这正是我的想法。的确如此,就是这样。

初羽马一边和六名社团成员讨论,一边喝着混合咖啡。

周六上午9点,社团例行的晨会总是在大学附近的展望台——大善星港顶楼的休息区举行。每次例会的主题各不相同,但都是他们认为的社会上的重要议题。

社团名为"PAS"。创始人不是初羽马,而是比他早五届的学长。"PAS"来自"Progress""Advance""Step up"的首字母组合——是以他们的视角探讨社会问题的社团,有时也会开展相应的活动。社团名称中也包含了推动社会进步的意味。

现任社长初羽马是大三学生,不过已经结束了求职活动。契机源于PAS已经毕业的学长所说的一句话:"初羽马,你知道为什么日本的IT企业在世界上没有竞争力吗?"——他给初羽马讲解了自己逻辑清晰的理论。

说到底,日本的企业无法打破论资排辈的制度。在IT的世界里,这是致命的枷锁。使用最新网络功能的是年轻人,能够提出创意、满足他们需求的,当然也是年轻人。然而无论年轻人提出多么优秀的、跨越时代的创意,依然需要五六十岁的上司认可,企划才能通过。本该马上行动,但那些无法理解服务本质的老年人,偏偏会基于自己陈腐的价值观指手画脚。他们把烦琐的、除了浪费时间一无是处的流程看作美德。"方便是很方便,但方便也会导致很多重要的东西损失掉嘛。"带着毫无依据的茫然不安,无意义地拖延企划的审批速度,最终只能落后于世界。这是恶性循环。所以,要想在IT界成为顶尖人物,绝对不能去大企业就职,要么去小公司获取更大的掌控权,要么自己建立新公司。

很有道理——虽然暗自信服，但他内心深处还是认为那只是一介未曾走上社会的学生的见解而已。然而，当学长真的创立了公司，开发出了旨在减少食物浪费、促进企业与消费者匹配的软件时，初羽马顿时改变了看法。太厉害了，学长真的做到了。虽然App的普及率还没达到目标，但快速的推广过程打动了初羽马。

我希望你能和我一起干，怎么样？来不来？

初羽马对IT界怀有模糊的兴趣。加入大企业毫无意义的理论已经得到了充分的证明。初羽马点头应承的刹那，他的求职活动就此结束。

现在应该把时间投入到学习和讨论中去。带着这样的想法，初羽马更加专注于自己担任社长的PAS。PAS两年前有12名成员，但随着学长的毕业，目前人数减少到6人。明年他们希望多招收大一新生，哪怕吸引学园大之外的学生也行。为此，需要多多开会，提高内部的动力。

大善星港高120米。这个高度虽然不至于令人惊异，但在大部分都是低矮建筑的大善市区，从这里也能一览无遗了。休息区的咖啡制作得很用心，味道极好，去的人也不多。初羽马特别喜欢晨会时间，想必其他社员也是一样。相比社团教室，在这里出现有趣想法的概率似乎更高。

讨论进行到一半，放在桌上的手机振动起来。和其他人在一起时尽量不看手机是初羽马的原则，但那是很少收到的Twitter私信通知，不由得吸引了他的注意。刚好讨论也偏离到"车站旁边那家布鲁克林风格的咖啡馆特别时髦"的话题上，于是他决定点开私信。

樱（桃）@sakuranbo0806："现在方便见面吗？有点事想和你商量。"

"樱（桃）"是谁？翻了翻私信记录，初羽马想起来了。以前PAS举办过一场"网络交友研讨会"的活动，她是来参会的女大学生，和他一样就读于学园大，只是分属不同的院系。大概是低自己一届的大二学生。

要商量什么？初羽马想了想，没有头绪。目前PAS没有新活动的计划，自己也没和她约定过什么事。不熟悉的人发来的紧急联络，总不方便随意拒绝——这只不过是借口。初羽马清楚记得她是位相当漂亮的美女。

他当即回复说正在大善星港参加社团活动，10点以后会有时间。回信几乎马上来了，这让初羽马心中有些激动。

早会结束后大部分情况都是集体去某处玩，但并不强制参加。初羽马宣布今天自己另有安排，需要单独行动，10点钟早会结束后，他离开了座位。

休息区也兼作展望台，不必消费就可以自由出入，来这里仅仅观赏风景也不奇怪。但坐在尽头处挺直背脊的男性身影依然显得有些异样，那人目不转睛地盯着平平无奇的山峰方向。初羽马情不自禁地放缓脚步观察他。

他的年纪看上去和初羽马差不多，但脸上疲惫不堪，丝毫感觉不到年轻的气息。白T恤、黑裤子的装扮平平无奇，西装夹克却像是从衣橱深处拽出来似的，满是褶皱。不知道出于什么兴趣，他的领口别着一枚少年漫画《翡翠雷霆》的徽章。单独来看，倒也算是银色的单点配饰，但如果知道那是漫画的衍生商品，就会生出无法形容的滑稽感。他到底在看什么？初羽马顺着他的视线望去，却没看到任何能引起注意的东西。安静的住宅区之外，绵延着毫无特点的山峦。

要说诡异确实有点诡异，但也并不是说他做了什么坏事。初羽马决定还是不要多管闲事，于是去洗手间理了理头发，然后匆匆赶往电梯。按下电梯按钮的时候，贴在墙上的一张海报映入眼帘。

限定复刻灯光秀

12月17日（周六）、18日（周日）晚6时起

好像是多年前举办过的点亮展望台灯光的活动，现在隔了几年又要重新举办。不知道"樱（桃）"要找自己商量什么，如果聊得愉快，还想多相处一阵的话，邀请她一起去看？

因为心中藏着这样的想法，所以当他在一楼大厅里看到等待的"樱（桃）"气喘吁吁的样子，不禁吃了一惊。她身穿时尚的毛呢大衣，脚下却穿着洞洞鞋。那美貌当然和记忆中一样，但这样的氛围显然不适合邀请她喝茶，更不可能请她去看灯光秀了。她明显很慌乱。

"你是'住初'吧？"

"住初"是初羽马的账户名。惊讶归惊讶，初羽马点点头。

"你有车吗？"

"……啊，嗯，有。"

"帮我一起去找个人。"

"找人……找谁？"

"山县泰介。"

他还记得这个名字，但本以为它不会再和自己有关了。

山县泰介杀了两名女子，这很令他震惊，但并不意味着他能做什么。在网上他看到有些YouTuber在找山县泰介，但他并不喜欢凑热闹，所以没有加入。他认为山县泰介应当受到法律的制裁，也认为首先应当逮捕他，但那是警察的工作。为什么自己要参与？

是想追热点想疯了，还是因为好奇心强到非同寻常？初羽马有些失望，本以为是富有魅力的美人，却暴露出粗俗的本性。然而她却充满了感情地诉说着。

"被杀的女生是我的闺蜜。"

心口一痛。

他明白了情况后,便从她的焦急神情中体会到想为好友申冤的热情和愤怒。通红的双眼,是刚刚哭过的痕迹吧。

"可这应该是警察……"

"我知道,但是我不能接受。我想尽力帮忙抓住凶手。事情发展到这个地步,我不能袖手旁观。我做不到。"

初羽马还想解释自己的难处,但最后还是败在她凌厉的眼神下。

"好吧。"

汽车停在大善星港的停车场。系好安全带,发动引擎,他问坐在副驾驶座上的她。

"去哪儿?"

"先去希土的钓具店——听说山县泰介的车停在那儿。"

正要在导航中输入目的地,她说自己认识路,于是初羽马按照她的要求发动了汽车。等红灯的时候,初羽马看了看副驾驶座上的她的侧脸,果然美得不可方物。那种美与其说是知性的,不如说是活泼的,全身上下都洋溢着健康的活力。五官无可挑剔,大大的眼睛释放出智慧的光芒。如此完美的她表现出的焦虑与不安,反而使她散发出无与伦比的性感。

"'往前入勿动',你知道是什么意思吗?"

突如其来的问题让初羽马有些摸不着头脑，不过他马上想起这是网上那个账号的神秘推文。

"顺利的处理完垃圾。第一个人的时候其实也应该拍点照片。考虑要不要拿去'往前入勿动'。"

"哎，不知道啊。网上很多人在考证，但没人找到答案。有人说它可能本来就没意义……我也不清楚。你有头绪吗？"

她依旧盯着手机屏幕，低声回答："没有。"

如果好友被杀人狂杀了，自己会是什么样的心情？初羽马尝试想象她的心境。不能接受，悲伤、自责、愤怒。尽管知道会是白费力气，但也无法袖手旁观。想要亲手抓住凶手——他能理解她的愿望。

虽然知道他们不大可能抓住凶手，但还是尽量配合她的心情吧。

初羽马意识到自己被她的侧脸迷住了，不禁有些羞愧。绿灯亮起时，他用超乎平常的力道踩下油门。

堀健比古

"您丈夫有联系您吗？"

"……没有。"

即便是嫌疑犯的家人，也不能整夜进行提问攻击。昨天深夜才离开芙由子娘家的健比古和六浦，在第二天早上9点又来拜访。

"如果想到了什么，或者您丈夫有联系您，不管几点钟，请随时和我们联络。"健比古和六浦在大善署的道场里打地铺轮流小睡，等待芙由子的联络，然而并没有收到好消息。

为什么找不到山县泰介？搜查会议上大家吵翻了天。最先出动的机动搜查队有问题。把搜查范围圈得太小的通信指令室有问题。坚持技术至上主义的搜查副本部长有问题。不不不，没有从嫌疑人家人口中打听到山县泰介擅长运动的排查责任人——健比古和六浦有问题。

警察不是小孩子，不会花一两个小时互相推卸责任，但每个人都感觉自己在给别人擦屁股。

结果，直到今天早上光山市的小酒馆打来电话，警方都没能查到山县泰介的行踪。在健比古看来，指令室的紧急部署并无不妥。他希望最先行动的机动搜查队能够更加主动灵活，但也不能责怪他们遵照指示行动。他认为总体而言问题在于身为搜查副本部长的县警技术科科长的领导能力不足，但即使确定了责任归属，山县泰介也不会应声出现。目前抓捕嫌疑人才是头等大事。

客厅里的情况和昨天比几乎没变化，三名家属的脸色比昨天还差。家人成了正在逃亡的杀人犯，这也难怪，他们肯定整晚都没睡。

健比古和昨天一样，把地图摊在桌上，这次他用蓝色马克笔标出了小酒馆的位置。

"您可能听到新闻报道了，您丈夫最后出现在这家小酒馆，大概是从希土的钓具店沿着海岸线一路北上。昨天我们也说过，从心理上说，如果他要逃亡，基本上会向西或者向北走。这一带有您丈夫可能会去的地方吗？"

昨天没能提供什么线索，估计她心中很抱歉。她用颤抖的眼睛盯着地图，努力想要挤出有用的情报，但最终还是认输般地低下头。

"……对不起。"

真是够了。健比古很想叹气。

回想起来,从她这里没有得到任何一条线索,问什么都是"不知道""不知道""不知道"。昨天晚上的新闻发布会上公布的山县泰介换上运动服逃走的信息,其实完全出于健比古的直觉。"放在后备厢的搞不好是运动服吧?既然喜欢打高尔夫球,那很可能会是球服,总之,肯定是方便运动的衣服,您认为呢?请想想洗衣服的时候吧。"

健比古变换手法、从各种角度向她提问,然而她只会给出含混不清的回答,最终带着一种"既然你已经说到这个程度,那就算是吧"的态度,毫无自信地应承说:"大概是……运动服。"

从结果上说,和光山市的小酒馆店主的证言一致,山县泰介确实穿着运动服。然而万一弄错,将会给搜查带来致命的混乱。

如果有人交际能力极强,足以从这种女性口中打听出山县泰介具有很高的运动能力,健比古愿意马上和他换岗。凭什么责怪自己啊?

"你也太过分了,认真点啊。"

像是代替健比古发泄他无声的愤怒似的,芙由子的母亲开口骂道。

"我简直没办法相信你。"

从昨天开始她就丝毫不掩饰自己对女儿的不满。过了一个晚上,不满更加膨胀,彻底挣脱铁箍,化为愤怒。"为什么你对丈夫这么冷漠?他没主动告诉你,你不会自己问吗?他做了什么、遇到什么事、有哪些朋友,全都要了解清楚、协调管理,这是做妻子的本分。男人不懂人际关系的微妙。重要的朋友、熟人、亲戚,都要及时问候。这些事情都做不到,怎么做妻子?"

芙由子也没有默默挨骂。"我在尽我的责任啊。泰介从来不管女儿,我要替他管孩子啊。还有洗衣做饭、日常家务,全都是我一个人操持。做这些事情我从来没抱怨过。只不过他不想告诉我的事情,我也不会去乱打听,真有问题我也会表达自己的意见。但是夫妻关系怎么样最合适,各人有各人的判断,别以为所有人都要按照你那一套过日子。"

于是母亲再次反驳,芙由子又加以还击。父亲坐在桌边,既没有阻止母女吵架,也没有无视,而是带着难以形容的神奇表情看着两个人。眼看吵架快要发展到动手了,六浦终于出面阻止。

"两位的心情我们理解,还是先冷静一下吧。"

面对六浦亲切和善的笑容,两个人像是对自己刚才的激动感到惭愧似的,慢慢收起了剑拔弩张的气势。

和昨天一模一样。

健比古长叹一声。

山县夏实

天亮了，但夏实的心情并没有变得明亮起来。

在沉重的气氛中，她和妈妈以及外公外婆一起吃过早饭，然后再次缩回日式房间里等待时光流逝。没人吩咐她不要离开房间，但她也没有主动走出去的心情。

和昨天一样，客厅里再次传来妈妈和外婆的争吵声。昨天晚上她还到走廊里偷听过，只是年幼的她有些地方不太能理解，最终决定回到房间。不管听到什么，她也没什么能做的。

每次来到外公外婆家，总会住到客厅后面的日式房间里。这里当然又干净又高雅，但没有任何能让小孩子打发时间的东西。待的时间长了，连隐隐飘荡在空气中的榻榻米味都令人厌烦。

夏实打开窗户，希望心情能够稍微平静一点。她穿上外套，坐在窗边，在冷冷的空气中深呼吸。没什么事可做，只能无聊地望着对面房子的外墙发呆，10分钟，20分钟。寒意逼人，但不用闻榻榻米的气味总是好的。

"啊，山县同学。"

没想到有人会喊自己的名字，夏实的身子不由得一颤。

从面前的道路上走过来的是同班同学"江波碳"。

不用说，现在的夏实是旋涡中的人。昨天每个人都不知道该怎么和她相处，把她当成班级里的毒瘤。今天幸好是周六，不用去上学。如果真的要去上学，那也必然是难以忍受的时间。我都已经这个样子了，为什么还要叫我？看见我，当没看见就是了。你这样喊我，我也不知道该用什么表情回应你啊。

夏实无可奈何，只得轻轻点点头。本以为他会就此离开，但江波碳反而朝夏实走过来。他行了个礼，然后跨过人行道与私人土地的交界线，轻手轻脚地走到夏实面前。

"我在找你，山县同学。"

夏实惊讶得不知如何回答。找我做什么？心情沉重的夏实想象不出任何积极的可能，只能认定他是来发泄负面情绪的。是来骂我的吗？是要说我爸是疯子吗？

但是江波碳的表情不像是要叱骂夏实。像是在顾虑夏实的心情，他压低了声音。

"一开始我去了你家找你，但家里没人，我就到这儿来了。我记得你说过外婆家在这里。但是后来我想到你外婆家的门牌写的应该不是'山县',还以为找不到了……真是太巧了。"

"……找我做什么?"

"大家传的流言,都是假的吧?"

原本因为紧张而绷紧的表情,忽然在喜悦中松弛下来。他是朋友。但是仅仅感觉到几秒的暖意,怀疑的思绪便又翻腾上来。夏实自己都不清楚流言的内容。她从心底感谢江波碳的这句话,那仿佛是在向自己动摇的内心悄悄伸出援手,然而她也不能接受这种毫无依据的天真。

"……为什么这么说?"

"因为山县同学不是坏人。"

江波碳不好意思地苦笑了一下,然后接着说。

"所以我觉得不该相信流言,应该相信你。"

江波碳的本名叫江波户琢哉。大家都"江波碳""江波碳"地喊他,夏实心里也这么喊,但从来没有当面喊过他"江波碳"。虽然他俩并没有熟到可以随意聊天的地步,但需要喊他的时候,总是会喊他"江波户同学"。

他不是班级的中心人物,也没有领袖般的地位,但他有很强的责任感,班级工作总会身先士卒。以前有同学连续三次逃掉放学后的打扫值日,是他主动指出,并且要求召开班会,制定公平的规则,这给夏实留下了很深的印象。他的成绩也不错,班主任很信任他。虽然两个人的交流机会很少,但夏实大体感觉他是一个处事认真的好人。

而这样的江波碳竟然相信自己。

感觉到泪水快要夺眶而出,夏实用近乎消失的声音挤出一声"谢谢"。

江波碳似乎有些不好意思,不过他还是害羞而又坚定地点了点头,似乎在强调这是正常人的正常想法。

江波碳相信自己,这让夏实非常开心,但她依然不知道他为什么会在这里。是为了安慰自己,特意找过来的吗?夏实茫然间不知如何开口,江波碳却说出了她意料之外的话。

"……我可能知道谁是罪犯。"

"哎?"

"这次案件的罪犯。"

太莫名其妙了。尽管知道他不是那种信口开河的人,但也不可能相信这种话。刹那间,夏实心中浮现出隐约的失望。她正在为这次事件烦恼和痛苦,甚至想要就此消失,而没有任何能力的年幼同学却声称自己知道罪犯是谁。这根本安慰不了人。别拿我的痛苦开玩笑。

夏实根本没有追问细节的心情。但不需要她追问,江波碳自顾自地做出了解释。

几天前的一个雨天,江波碳的爷爷在每天例行修剪花草时,看到了一个可疑的身影。江波户一家所住的地方和万叶町这种规模相对较大的住宅区不同，路上的行人基本上都互相认识，陌生人很容易引人注目。

那个人在公园的角落里摆弄一个像是手机的东西，但撑了一把大伞。爷爷只是看到了背影，不要说身高体形，连性别也没看出来。修剪完花草，过了一个小时，爷爷出去买东西，再过一个小时回家时，看到那个神秘人物依然站在原处，这让江波碳的爷爷也不禁感觉奇怪。去问问看？他刚走过去，那人似乎察觉到有人靠近，慌慌张张地跑上了大路。

"反正很可疑，说不定就是这次的罪犯。"

夏实的心中升起小小的紧张。难道……不，不可能。她立刻打消刚刚产生的预感。江波碳凭什么这么说？她悄悄咽了一口唾沫。就在这时，江波碳从口袋里掏出一张小字条。看到纸上写的字，夏实忘记了呼吸。

"我爷爷喊了他一声，那人当场把这张字条弄掉了。"

——"瓦片屋顶有三个，其中的'往前入勿动'是记号。"

夏实抬起僵住的头。江波碳眼中燃烧着正义的火焰，用力点头。

"我也不知道这个'往前入勿动'是什么意思。但是只要追查这个人的线索，说不定我们就能找到罪犯。那样的话，山县同学你就可以放心了，大家也一定会更幸福。"

先去找爷爷打听清楚当时的情况，然后把一条条情报整理一下，虽然未必能抓到罪犯，但说不定可以弄清罪犯的身份。有了罪犯的线索，就可以向警方报案。

"我们一起去找罪犯吧。"

她当然不想出去。不想再呼吸这里的空气固然是事实，但一想到很可能会有人在背后指指点点，她又宁愿把自己关在安全的室内。让这样进退两难的夏实不得不加入行动的，是江波碳的最后一句话。

"如果山县同学不来，我就一个人调查。"

妈妈不会答应自己出去的。夏实悄悄走到玄关，拿起自己的鞋子，她重新回到房间，从窗沿跳了出去。

实时检索：关键词"山县泰介/孩子"
12月17日10时04分　过去6小时 127条推文

风火轮
@90fuka_rin

看了山县泰介家门口的直播，里面还是没人。老婆孩子不知道躲哪儿去了。住那么大的房子，他不可能还是单身。有可能是全家作案，家属也要监控起来。

佐野城仁（精神导演）
@sanoshiro_jin

我儿子和山县泰介的儿子读同一所高中。他儿子特别暴力，经常在班上惹事。我现在相信了，真是有其父必有其子。想了解详细情况，请看今天的直播。

电力
@electrical_shock

不知道山县泰介的儿子是什么样的人，但是上面这家伙只会散布谣言蹭热度，不要搭理他。天晓得蹭这种热度有什么意义，完全搞不懂他的目的。别想着折磨人家家人，先抓到山县泰介本人才对。

> 我儿子和山县泰介的儿子读同一所高中。他儿子特别暴力，经常在班上惹事……

天气田七
@qwerty_tenky_sun56

据说山县泰介有个上小学的女儿，但是从他的年纪考虑，应该不大可能。我也搞不清谁真谁假了。媒体只会一点点挤牙膏，倒是说说清楚啊。真是废物。

山县泰介

步履轻盈。

和漫无目的地逃亡时不同,现在的泰介有着追查凶手的确定目标,还有前下属家这个目的地。双向单车道的县道和大善市的中心区域相比,人流量少很多。道路的修缮情况不佳,路旁长满了高高的杂草,紧急情况下似乎也可以躲到草丛里去。偶尔会看到一些宛如废墟的铁皮小屋,上一次使用可能已经是在几十年前了。没有工厂,没有仓库,也没有民宅。对泰介而言,这是再好不过的乡间小路。

现在他穿的衣服不再是运动服,这也给泰介的心理带来一丝从容。眼下他穿的是从之前的小酒馆借来的上衣,下半身虽然还是运动裤,但换了上衣,给人的印象就会有巨大变化。运动鞋也不是专业的跑鞋款式。这应该足以蒙蔽那些想靠衣服寻找他的人。

之前一直都是乡间小路，到了神通站周边才总算多了些人气。

安全感让泰介有意放慢速度。必须保存体力，以备不时之需。他一边跑，一边思考那个陷害自己的"泰介@taisuke0701"。目前没办法上网，只能依靠微弱的记忆审查一条条信息。

首先，账号是十年前创建的。且不说整整十年坚持伪装泰介的惊人执念和缜密心思，至少十年前创建账号的这一点，是不容忽视的事实。

十年前的某件事，让凶手产生了陷害泰介的想法。

泰介试图回想十年前，但没想到那一年有什么大的变化。那时候他还没当上部长，但已经到了大帝住宅大善支社工作。他记得那时候好像刚从单元住宅部门调到独栋住宅部门，但那并不是人人羡慕的荣升，谈不上惹人怨恨。当时住的也是现在万叶町的房子。怎么都想不到有什么特别的事情。

看来还是要尽快赶到前下属家才好搜集情报。周六上午他应该在家。大帝住宅是住建公司，根据业务特点要求周二、周三休息，但他目前在医药公司工作，肯定是周六、周日休息。

先问问他十年前的事情吧。估计不大可能马上列出凶手的嫌疑名单，但说不定能问到几个私下里怨恨自己、自己又完全不知情的人。眼下泰介脑海中想不到任何一个有嫌疑的人，硬要说的话，嫉妒大概是最现实的动机。

不错的学历，就职于东证一部的上市公司，薪酬随着稳步升职而增长，气派的房子，温暖的家庭，这一切足以让内心扭曲的人产生嫉妒心。除此之外，他也想不到别的可能性。

"这么说来，某某部的某某说过，他特别羡慕您。"——也许前下属会告知他这样的信息。十年前自己正和他在同一个部门工作，肯定可以在一定程度上还原当时的情况。

他想再用电脑或手机仔细查看"泰介@taisuke0701"的推文，也许其中隐藏了某些能够联系到凶手的线索。让我上网看看吧。那个神秘的"往前入勿动"，说不定也有可能更新了某些信息。一起查查看。

跑着步，泰介心中越发相信，只要自己抵达前下属家，事态就会戏剧性地好转。他结婚时邀请泰介做证婚人，泰介也见过他的家人，不仅和他关系密切，还认识他的妻子。虽说有点厚脸皮，泰介还想在他家洗个澡。他一直在跑步，长时间暴露在冬天的寒冷中，衣服又单薄，身子早已冷到骨头里了，现在脚趾也正在失去知觉。还想吃点东西。麻烦是挺麻烦的，但不至于被拒绝吧。

泰介看到了希望。

我会找到凶手。

泰介正想稍微加快一点速度，突然刹住脚步，慌慌张张地冲进人行道旁边的草丛中。他屏住急促的呼吸，慢慢地挪到灌木丛深处，小心地避免发出声音。

有人走了过来。不止一两个人，有三、四——六个，都是壮硕的男性。

他在这条路上跑了几公里，一直没遇到人，并不是因为道路狭窄、路面破损严重，只是因为沿途没什么地点值得徒步拜访，在这样的地方徒步行走毫无意义。如果真有人走在这条路上——泰介在灌木丛中打了个寒战。

——"叮咚ＴＶ出击篇　山某泰介讨伐队！"

看到走在最后面的人举着的旗帜，泰介全身的毛孔都渗出了黏糊糊的汗。他遇到了最怕遇到的群体。

走在前面的人举着相机，显然正在拍摄。"既然以电视节目的名字自居，那应该是电视台的正经节目"——这样的想法刹那间烟消云散，因为他看到有两个人手里挥舞着铁棍般的银色金属球棒。

和昨天在家门前惹事的人是同一类的。

如果晚点才发现，自己就会变成他们的猎物。泰介尽力降低自己的存在感，缓慢地、缓慢地向草丛深处移动。终于和人行道拉开近10米的距离，泰介顺势躺到地上，在许久未曾闻过的泥土气息中，祈祷他们直接走过去。

不幸的是，他们前进的方向正是泰介刚才跑过的地方。这样下去，他们很快就会经过泰介现在躺的地方——迎头撞上在所难免。泰介把草丛稍稍拨开一点，观察他们的动静。不知道是已经厌烦，还是从一开始就没干劲，他们并不像是在认真搜寻泰介。与其说是找人，不如说是在拍摄逛街视频。虽然在四下张望，但并没有留意草丛里的动静。

没事了，你们就这么走过去吧。

但就像是在玩弄泰介一样，他们开始了愚蠢的表演。

"那，如果唐金先生找到了凶手，会怎么抓他？"

"哎？不是说了嘛，当然是这样。"

这样的对话一路上大概已经重复好多次了。那个被人喊作唐金的壮硕年轻人身穿羽绒服，全力挥起金属球棍，用非同寻常的力道往草丛中砸了十几下。其他人顿时笑了起来。"漂亮啊，漂亮。""厉害啊，厉害。"

他们距离泰介超过30米，一直在不厌其烦地重复同样的对话。怎么抓他？当然是这样。万一他们这样子搞上一整天，肯定会发现泰介。他躺的地上传来球棍的敲击声。如果是昨天，他会认为这些人不可能真的用球棒打人，但自从得知流浪汉受到攻击那件事，想法就不一样了。他的脑海中回荡起播音员的声音。

"受害人重伤昏迷，已被送往附近的急救中心治疗。"

没人能保证他们无害。那么粗野、下流，连日语都说不好的愚蠢年轻人，怎么能死在他们手上！

泰介小心翼翼地拉开挎包拉链，看看有没有什么东西能用得上。望远镜、钱包、手帕、那封信，还有别在帽子上的高尔夫用标志——用来标记高尔夫球位置的金属小器具。

泰介没想到什么好办法，只得朝另一侧的人行道望去。确实都没东西。只有铁皮小屋，其他什么都没有——想到这里，他忽然有了一个孤注一掷的办法。

他躺在地上，把标志扔向那个铁皮屋顶。顺利的话，它会落到屋顶上，估计能产生相当大的动静。那么他们的注意力大概就会被吸引到另一侧的人行道上去，也许还会穿过马路，去那边查看声音的来源。这样一来，他们就会从泰介面前离开，自己便可以趁这个空隙从草丛中逃走——这样能行吗？

在泰介思考可行性的时候，金属球棍还在敲击地面。

计划实在算不上完美，但现在没时间挑三拣四了。泰介右手紧握标志，计算用哪种轨道才能扔到对面的铁皮屋顶上。他像准备投飞镖一样伸出手臂，拉开架势，估算该用多大的力道。这和近距离击打高尔夫球差不多，需要估计用多大的力道击球，才能保证高尔夫球落在果岭上。

"高尔夫是孤独的运动啊，山县。"

那是以前教泰介打高尔夫球的上司说过的话。自己的失误不会有他人挽救，失误的原因也不能归结于他人。球停着，球洞的位置也不会变，硬要找借口的话，最多也就是有风、有观众说话、有鸟儿飞过。说到底，只能靠自己的力量把球打进洞里。成功也好，失败也罢，都归于自己。高尔夫真的是一项傲慢、孤独，因而也充满魅力的竞技运动。

上司早已退休，但从他那里继承下来的这些话变成了泰介的座右铭。高尔夫很孤独，所以才很有趣。成功、失败都归于自己。现状正是如此。泰介深吸一口气，随后下定了决心。

他朝那伙人偷偷看去。就算扔得很完美，如果标志飞在半空时被他们看见，那也得不偿失。泰介看准他们没有留意的瞬间，悄悄地，同时又大胆地将标志投上天空。

虽然受到风的影响，但是标志还是划出完美的抛物线，向着铁皮屋顶——

落在上面。

冲击声比泰介想象的大一倍，连扔出去的他都吓了一跳，那些猝不及防的年轻人更是大吃一惊。他们大叫起来，互相看了看，随后飞快地跑向铁皮小屋。

不过看他们的样子，似乎并不认为那是泰介搞出的声音，而只是觉得朝着神秘声音的来源奔跑的视频会很有趣。泰介看到他们奔跑的模样，觉得那相当具有戏剧性。

无论如何，他们朝对面跑过去了。

泰介慢慢起身，看准时机，在草丛里迅速前进。如他所料，那伙人正在对面的草丛里大呼小叫。"在哪儿在哪儿，快找快找，是不是凶手，那么大的声音……"壮硕的男人用力挥舞金属球棍。

应该没事了吧。看到他们忙着在铁皮小屋周围搜索，泰介由草丛冲到人行道上。其实最好还是继续在草丛里前进，但遗憾的是，草丛在半路上断了，没办法再藏人。泰介没有全力奔跑出去，昨天的电视节目让他意识到，可疑的举止最容易引起怀疑。他咬紧牙关，强忍着回头确认他们行踪的冲动，快步离开。

心情紧张当然不假，不过这时候泰介认为自己差不多已经安全了。已经完全背对他们了。估计他们也没有那么敏感，不会觉得这种地方出现行人有什么异常。万一被他们看到也不要紧，自己已经换了衣服。大家估计都在找穿运动服的男性吧，没事的没事的。他安慰自己。但是他刚刚走出几十步，背后却传来不祥的声音。

"虎头夹克？"

"对对！他好像穿着虎头图案的夹克，看到老虎就抓！"

泰介差点叫出声。

他知道小酒馆店主的儿子会报警，但没想到自己拿了那件虎头夹克的消息会传播得这么快。泰介明明稳稳地走在坚实的地上，却像是在泡沫或者云上行走似的，有种令人毛骨悚然的悬浮感。

没事的，再走几步，他们就看不见我了。

前面的道路略微弯曲，再走几步，他就会被铁皮小屋挡住，进入完全的死角。再走几十米就安全了。他一边鼓励自己，一边拼命压抑着奔跑的冲动。没事的，没事的。他反复对自己说。但就像是在嘲笑泰介似的，身后响起残酷的声音。

"哎？"

一个年轻人叫了起来。

"那边有个人？"

心脏停止跳动。行了，快跑，快逃。泰介无视这不知从哪里发出的声音，继续保持之前的速度前进。跑起来也许能逃掉，但同时也证明了自己就是山县泰介。他必须避免可疑的行为，要堂堂正正、光明正大地继续前进。

"什么？怎么了？"

"哎，那边有个人挺像的。"

"啊，真的假的？"

泰介感觉一道又一道视线集中在背上。啊，完了。想跑。逃不逃？虽然他们年轻，但论体力自己也未必会输——正想到这里，他听到了嘲讽般的笑声。

"哈哈哈你个蠢蛋。"

一个年轻人在说话，声音像是有些无力。

"那又不是虎头夹克。"

别急，还不能跑。泰介又走了一分多钟，直到确定自己完全摆脱了他们的视线，这才终于回过头去看。

没人追上来。

他不由自主地蹲到地上，双手擦脸，做了好几次深呼吸，仿佛要彻底换掉体内的空气。太好了，太好了。泰介使劲夸赞自己的判断。离开小酒馆之前，他本打算穿上著名歌手留下的那件虎头夹克，但临出门时，又觉得穿上那么显眼的衣服，还不如继续穿着运动服。怎么办呢？他扫视店内，看到了最里面的座位上那件深蓝色的防寒夹克。

那是人家忘在这儿的。一直没来拿，又没地方放，就没动它。

和传家宝相比，拿走这件衣服的负罪感小得多。他毫不犹豫地穿上这件朴素的深蓝色防寒夹克，把手里的虎头夹克随手挂在后门外的啤酒柜上。倒也不是故意藏起来，只是没时间把它放回衣架上。

如果继续穿着那件虎头夹克——泰介打了个寒战。尽管现在身处险地，他还是很高兴自己的判断力没有衰退。

他站起身，再次沿着乡间小道跑了起来。

住吉初羽马

"樱桃同学……"

"叫我小樱就行。"

"哦……那你也别叫我'住初'了,要么叫住吉,要么叫初羽马。"

从大善星港到希土町的钓具店,开车需要20多分钟。一路上,拜托他追踪山县泰介的"樱(桃)"——现在该叫小樱,表情一直都很严肃。

想报仇但又不知道怎样才能报仇,她的困惑与焦虑也传染给了驾驶座上的初羽马。尽管知道她的精神状态不适合闲聊,但随着持续的沉默,车厢里的气氛越发沉重。初羽马目不转睛地盯着前方,同时也想找个话题分散一下她的注意力。

"能问个问题吗?"

"……什么问题?"

"你朋友是什么样的人？"

小樱眯起眼睛，咬住嘴唇。不该问这个问题，初羽马心中后悔，正想说"不回答也没关系"的时候，小樱慢慢开口了。

"筱田是我的高中同学……高二的同班同学，很认真，也很体贴。她参加的是吹奏乐部，练习也很认真……有时候会给我表演，吹得非常棒。毕业仪式上我们都哭了，约好上了大学也要一起玩。我们会用LINE（即时通信软件）聊天，还说今年一定要一起去迪士尼玩。"

说到这里她停住了。初羽马对长时间的沉默感到好奇，转头看了她一眼，只见小樱表情痛苦地紧闭着嘴。初羽马为惹起她的痛苦回忆而道歉。

"谢谢你和我说这些。凶手真是不可原谅。"

"……是的。"

初羽马想起山县泰介的嘴脸，同时清晰地感觉到，被他夺走生命的那一名——不，他杀了两个人——两名女子，原本都有着无可辩驳的人生。她们都有各自的人际关系，有与他人的回忆，也有与他人的牵绊。想着想着，初羽马的怒火再度燃烧起来。

对山县泰介这个杀人凶手的愤怒，又逐渐转向了统治社会的年长一代。初羽马并不认为这次的案件是整个社会的缩影，但完全可以将之解释为上一代人造成的麻烦给年轻人带来了痛苦，这和初羽马平日的思考结合在一起，给他的怒火增添了燃料。

但无论如何愤怒，没有任何搜查技能的普通人，没那么容易找到线索。

钓具店已经开始正常营业了。初羽马并不知道山县泰介开什么车，在网上搜了搜，发现他开的是奔驰GLE。初羽马家里虽然不算困难，但也不是能开上奔驰的。

不管怎样，山县泰介的奔驰车已经不在钓具店了。大概是被警察拖走了，也很合理。

这下可就没什么线索了。就算奔驰车还在，也不大可能从一辆被抛弃的车上确定山县泰介现在的位置。小樱的热情驱使初羽马来到这里，但他其实从一开始就知道，外行人不可能追踪到逃亡的罪犯，来这里也不会获得什么信息。

但是，与一开始就不抱希望的初羽马不同，小樱始终很坚持。一到钓具店的停车场，她便冲到车外，仔细搜索周围，不放过任何细微的痕迹。她在停车场来回跑了好几趟，又绕着钓具店转了几圈，还跑去问了店主。

评价她是因愤怒和焦虑而缺乏冷静当然很简单，但那些举动也是令人十分心痛的，她在废寝忘食地搜寻杀害挚友的凶手。就算找到凶手遗落的手帕又能怎么样呢？而且现场的东西应该都被警方拿走了，所以她的行为没有任何意义。尽管如此，他也无法开口说"这种行为毫无意义，放弃吧"。

"上网看看吧，也许能更有效地收集信息。"

在初羽马的建议下，小樱像是回过神来似的点点头。两个人回到车上，各自用手机查找信息。只要有心，很容易找到线索——初羽马本是这么认为的，但要获取准确的信息却比想象中困难许多。

找到山县泰介了。那个人可能就是山县泰介。我是山县泰介的同学。

事件的话题扩散得太广，到处充斥着各种真伪难辨的信息。哪些是值得参考的信息，哪些是不足取的误报，他们无从区分。不过继续努力下去，他们终于找到了被误认为是山县泰介的流浪汉遇袭案，以及光山市小酒馆藏匿山县泰介的信息。尽管怀疑五十多岁的男性能不能从希土的钓具店一路跑到光山市，但从转发数和最先发布信息的账号的状态来判断，那是至今为止看到的信息中可信度最高的了。

"有这样的消息。"——初羽马拿给副驾驶座上的小樱看。她也同意。

"……这条好像是真的。"

"是吧。虽然我有点怀疑他能不能跑那么远……"

"不，我觉得这样才说得通。能带我去光山市吗？"

初羽马发动汽车。

虽然获得了重要的信息，但初羽马依然想象不出自己抢在警方之前抓住凶手的场景。警方也会关注网络，而且他们是找人的专家，外行不可能超过他们。但想到小樱的心情，他无法放慢汽车的速度。

小樱是不想留下遗憾吧——这只是初羽马的推测，不过感觉也不会有太大的偏差。山县泰介大概很快就会被捕，但也有可能顺利逃掉——如果这起案件这样结束，她大概会为自己的袖手旁观后悔一辈子。

如果我行动起来，说不定就能抓到他。

也就是说，她是为了让自己心安而协助搜查吧。虽然知道这是胡思乱想，但初羽马也不是不能理解她的行为。

"要是能在我们之前抓到就好了。"

听到初羽马不由自主说出口的话，小樱露出诧异的表情。

"啊，我的意思是，最好的结果是警察抓到山县泰介。网上有些观点很过激，说是要对他施加私刑，无辜的流浪汉也遭遇了袭击，这些倾向都不是很好，不值得称许。如果我们能找到凶手，把信息提供给警方，那当然好，不过，最重要的还是警方能人道地逮捕罪犯。"

"……是呀。"

初羽马对小樱没有坚定地表示赞同的态度有些在意，但车子还是在乡间小道上飞驰。他平时只会在法定车速上加10公里左右，但此刻脑海一角中认为现在是非常时期的想法化作免罪符，让他踩下了更大的油门。速度确实有点快，不过这条乡间小道的交通量也少，他以为不会发生事故，没想到路上突然间窜出了行人。

那是没有信号灯的人行横道。初羽马以为反正没人经过，而行人认为反正没有车经过，结果两种想法糟糕地撞在了一起。步行通过的是推着银色小车的老婆婆。初羽马第一个发现了危险，用人生中最大的力气踩下刹车。无法形容的巨大惯性让安全带死死卡进了身体。

幸亏及时注意到这场危机。

汽车终于停在距离人行横道几米的地方。老婆婆似乎连车急刹了都没发现，依然以不变的速度慢悠悠地穿过斑马线。

初羽马经历了拿到驾照以来最害怕的一刻。尽管已经把车完全停了下来，震惊和动摇还是让他无法动弹。过了半晌，他才想起小樱，朝副驾驶座说"对不起，你没事吧"，但旋即他哑口无言。

从结果上来看，小樱平安无事，她系着安全带。

但是，由于急刹车的反作用力，她抱在膝头的小包脱手而出，里面的东西都散落在车里。从小小的棕色手包中掉出来的不是钱包、化妆品或者折叠雨伞之类的东西，而是裹在布巾里的两把菜刀。

小樱无视目瞪口呆的初羽马，把掉落的菜刀飞快塞进手包里，然后她慢慢抬起头，用低沉的声音对初羽马说：

"可以快点开吗？"

山县夏实

从外婆家到江波碳家,快步也要走10多分钟。

夏实隐约知道他住在学区边缘,但并不知道具体的地址。他们在路况糟糕的道路上拐了好几个弯,来到仅能容纳一辆小汽车通行的小巷里。果然住在这一带。经过几栋缺乏维护、让人怀疑是不是废墟的房子,最后他们终于来到一栋和周围比起来算是比较整洁的房子前。

"爷爷大概已经回来了,我去叫他。"

江波碳本想先找爷爷问清楚那个可疑的人物,然后再去找夏实,不巧爷爷出去了,所以他决定先找夏实。夏实以为他会请自己进去,但江波碳却有点难为情地说:

"其实我爸爸现在生病了,不方便让外人进去,对不起,你在这儿等一下。"

"……生病?"

"嗯，内脏有点问题，他本来就很虚弱，一会儿好一会儿坏。"

江波碳往房间里跑去，很快带着爷爷出来了。江波碳个头很矮，他爷爷也很矮，身高不到一米六。爷爷穿着一件薄薄的衬衫，即使在开了暖气的房间里看上去也会有点冷的样子，似乎对孙子突然把自己喊出来感到迷惑不解。满是皱纹的黝黑皮肤透出年龄感，不过大大的眼睛却令人感觉到强大的生命力。说起来，江波碳的爷爷打量自己的时候，夏实被一种难以忍受的紧张感包围。

他问江波碳为什么把自己叫出来，然后说"原来是这事儿啊"，开始说起几天前看到的那个神秘人物。

看到那人的时候，他正在后院修剪树枝。雨很小，不影响作业，他看到对面小公园的角落里有一把大伞在晃。如果那人坐在公园的长椅上倒是可以理解，站在公园入口处也没什么不自然，但那个神秘人物站的位置有点奇怪，像是在刻意遮挡自己的身影。

"离栅栏很近，面前又有一棵大树，谁会站在那么奇怪的地方啊。"

直觉告诉他那人不是附近的住户，但如果是这样，那人为什么会站在一个什么都没有的地方？不过他好像也没必要刻意去搞清楚那人到底是谁。

"个子不高,看起来也没什么危险,随他去吧。"

"很矮吗?"

"差不多吧……感觉像是个女的……"

后面的事情和之前江波碳说的差不多。爷爷去买东西,几个小时后再回来,发现那人还在那儿,于是想去招呼一声,结果那个神秘人物可能是察觉到有人过来,丢下那张字条,然后跑掉了。

"爷爷,你知道'往前入勿动'是什么意思吗?"

江波碳的爷爷迅速摇了摇头,一脸严肃。

"那人去哪儿了……"

"当然是展望台吧。"

"哎?"他说得非常理所当然,江波碳和夏实都愣住了。

"那人跑得飞快,直接跑去了公交车站。我正想着怎么不见了,就看见对面开来一辆公交车,去展望台的公交。估计那人上车了。"

"……展望台是指星港吗?"

爷爷点点头,江波碳又从口袋里掏出字条看,大概是在思考"往前入勿动"这行字和星港有什么关系。江波碳表现得像是快要找到某种巨大线索似的,夏实却和他相反,只想回家去。算了,结束吧。她好几次想开口,但又无法向充满正义感的江波碳泼冷水。

"去星港吧。"

江波碳果然和预想的一样,说出这句话。他选择步行前往,没有坐公交。坐公交更快,不过步行也用不了半个小时。如果想省交通费,步行最合适。

夏实一开始走路就立刻低下了头。从夏实的外婆家到江波碳家总体是往人少的地方走,但这次随着行走的距离变长,行人不断增加。她完全不想遇到同学。夏实屏息静气,一路躲在江波碳后面,好不容易来到星港,马上钻进电梯里。电梯中没有其他人。夏实稍微松了一口气,无意间看到了墙上贴的灯光秀宣传海报。上面说今天晚上6点开始星港会被美丽的灯光包裹,但夏实对此毫无期待,也根本没有看一眼的想法。放在平时,她多少会有些兴趣,但现在她没有那样的心情。她甚至无法想象,晚上6点自己会是什么情况。

他们走出电梯,来到展望台。江波碳回头看着夏实。

"从这个写法看,我猜它是指某个地方。"

说着,他再次指了指字条上的字。

——"瓦片屋顶有三个,其中的'往前入勿动'是记号。"

"首先假设'往前入勿动'指的是星港的某处,或者是能从这里看到的地方。我们找找看。"

夏实和江波碳决定一起先绕着圆形的休息区转一圈,但他们并没有找到类似那段文字描述的设备、摆设或看板。好了,谢谢你江波户同学，我们回去吧，毕竟抓捕罪犯是警察的工作，不是我们该插手的事，这样做没什么意义。夏实一直在寻找机会向江波碳开口，但他毫不犹豫地开始了下一步。

"说不定有人知道，我们去打听一下。"

"您知道'往前入勿动'吗？我猜它指的是某个地方，您有什么线索吗？您知道类似的词吗？"从咖啡店店员开始，江波碳逐一向保安、路过的工作人员、打扫厕所的阿姨打听这个谜一样的词语的含义，但没有一个人回答说"啊，我知道"。调查该到此为止了吧——夏实这样预感，然而江波碳问完工作人员后，又准备去向普通游客打听了。

他首先走向坐在角落里眺望窗外的男子。

"对不起。"

江波碳彬彬有礼地打了个招呼，然后毫无停顿地抛出已经成为固定句式的问题。那人看年纪大概是大学生吧。虽然和父辈或者更年长的男性相比，与他搭话的心理障碍要小一些，但那名男子看起来有点神经质的样子，夏实很担心会不会惹出什么麻烦。如果他突然破口大骂，该怎么办？但是那人脸上的紧张表情忽然散去，他带着笑容回应了江波碳的问题。

"……往前入勿动？"

"对。我想应该是某个地点，您知道吗？"

男子看了窗外一眼，接过江波碳手中的字条细看。

"这个啊……随便猜一猜的话，好像是把'往前走'的'往前'、'进入什么地方'的'入'，还有'请勿擅动'的'勿'和'动'硬凑在一起……凑在一起……是什么意思我就不知道了。"

说完，男子再度望向窗外。

没有获得什么有用的信息，既然这样，也就没必要继续说下去了。但江波碳好像很好奇男子在看什么，他问："您在关注什么？"男子笑了起来。

"其实我在做实验。我是学园大的学生。"

他说的话太高深，夏实没听懂。他说是在做什么流体力学的研究，看的是大学校园。研究小组的其他学生会在那边点起烟雾，然后需要拍摄A烟和B烟的上升方式。

"在学校里距离太近，没办法观察，所以要到星港这里来看。如果你要观察烟雾，一定要来这里，因为这里能把整个街区看得清清楚楚。开个玩笑哈。"

这个信息与两人最初的目的毫无关系，但学园大的学生这一头衔似乎刺激到了江波碳。他突然告诉那个大学生，说自己的梦想是成为建筑师，想要在学园大读建筑学。他还说，自己发自内心地崇拜他们，觉得他们很帅，自己也会努力学习，一定要努力考上那所大学。

男子对突然出现的谜之少年并没有显露丝毫的厌烦，反而夸赞了江波碳的梦想，还鼓励他说"你一定能做到"，然后才终于问起他们来这里做什么，"往前入勿动"又是什么。

当着夏实的面，江波碳有些犹豫地介绍了案子，说自己正在追查罪犯。他问大学生知不知道那个案子，大学生不好意思地挠了挠头。

"哎呀，抱歉，我对那种新闻没什么兴趣。是在这附近发生的案子吗？"

说到这里，男子摘下西装夹克上别的银色徽章，递给江波碳。江波碳惊讶地盯着递过来的东西，问那是什么，随后叫了起来。

"啊，这是《翡翠雷霆》的正义徽章……"

"太好了，你知道啊。送给你了。"男子和蔼地笑了，"一个学长扭蛋抽到的，硬要塞给我，还让我今天别在夹克上。我不是不喜欢那个漫画，但也不至于别个徽章在身上。既然你喜欢，就送给你了，我觉得漫画的主人公很像你。啊，还有一个，给你。"

男子从口袋里掏出另一个相同的徽章，递给夏实。

夏实也看过《翡翠雷霆》，但是不算热衷。那是以荒废的近未来日本为舞台的少年漫画，主人公的热血人物造型很受欢迎。就像经典台词"我要贯彻我的信念"所代表的那样，主人公那相信正义、勇往直前的形象，确实与现在的江波碳有点重合。徽章可以说是只有受主人公认可的伙伴才能佩戴的正义之印——"你是正义的人,不管发生什么,我都会肯定你"。

"我也会努力不输给你,成为优秀的大人。不管发生什么,都不会妥协,也不会找借口,我会成为坚强的人。成为建筑师的梦想一定会实现的。像你这样具有坚强信念的人,总会有幸运相伴。愿意的话,请接受这枚正义之印的徽章。"

江波碳估计是那部漫画的粉丝。他露出害羞的笑容,兴奋地接过徽章,然后用外套的袖口仔细擦拭银色表面,直到擦得满意了,才毫不犹豫地把别针插进外套的胸口处。

"谢谢您……我会努力的。"

江波碳低头致谢,夏实也微微低下头。

江波碳向男子道别,又去向其他游客打听,寻求有关那段文字的线索。大约是得到了正义徽章的缘故,他的脚步和语气都比刚才更加坚定。江波碳也许认为自己行为的正当性获得了认可。我是对的,必须努力贯彻我的信念。他的背影对夏实雄辩地讲述着这样的思绪。

江波碳问完了展望台的所有游客,没得到任何一条关于"往前人勿动"的线索。这下似乎再也没办法了。但也许是因为受到徽章的影响,江波碳依然没有放弃。

"……去网上找找吧。"

江波碳在电梯里嘀咕了一句,然后对夏实说起自己的打算。

虽然没找到能把"往前入勿动"和大善星港联系起来的信息，但如果用一些关键词搜索，比如刚才那个大学生说的"请勿擅动"，说不定能找到什么线索。为此，他们需要找一个能上网的环境。

但是江波碳说父亲正在养病，在他家没法随意用电脑，所以需要夏实的帮忙。

"能在你家调查吗？"

"哎呀，我外婆家……"

"不，不是那个意思……"

江波碳的眼中燃烧着正义的火焰，语气坚定地说：

"我是指山县同学自己的家。"

堀健比古

客厅里的气氛剑拔弩张。

非常时期，每个人都无法保持冷静，日常积累的无关的愤懑也被倾倒出来。空气逐渐变得稀薄，唯有焦躁静静地堆积。

芙由子也好，母亲也好，都不是不配合调查，所以健比古才觉得难以处理。每个人心中都怀着不耐烦，勉强压抑着自己的烦躁。在所有人额头汗珠的反光中，六浦沉稳的声音温和地响起。

"我可以问一个问题吗？"

芙由子犹犹豫豫地点点头，六浦问：

"泰介先生会用随身听吗？当然，不是以前那种磁带式的，是比较新款的随身听，有安卓系统，有触摸屏，大概这么大。"

"随身听……"

芙由子开始回忆。母亲瞪着她，一脸的不耐烦，仿佛认定她什么都想不起来。

先不说芙由子能不能想起来,健比古并不明白六浦为什么问这个问题。在芙由子烦恼的时候,他把六浦叫到走廊,确认夏实没有偷听后,问道:

"什么随身听?你要问什么?"

于是六浦又提出了健比古本以为早已打消的疑问。

"昨天我也说过,那个'泰介'账号的推文全都是从山县泰介自家的Wi-Fi路由器发出去的。'为什么他不当场发推文,而是要等回家以后再发'——昨天的搜查会议上也提过这一点,调查发现所有推文都不是用手机发的,而是用了装有安卓系统的随身听。这不是很奇怪吗?山县泰介又不是没有手机,在他丢在钓具店的车上,我们已经找到了他的手机。但是他特意用随身听,那东西又装不了SIM卡(用户身份识别卡),所以他没法当场发,必须通过Wi-Fi路由器,这也太折腾了……"

"我说啊,六浦警官,昨天也说过,"健比古和昨天一样,尽可能委婉地反驳六浦,"大叔就是这样的生物啊。打个比方,有人用随身听教他怎么发推文,还帮他把所有设置都弄好了,他又不知道怎么转到手机上,于是只能用随身听发推文——就是这么简单。在年轻人,还有像你这种熟悉电子产品的人看来,这可能确实很奇怪,但实际上原因很简单。"

六浦默默点了点头,仿佛认为也有道理,不过他马上又加了一句:"所以我想问问他有没有随身听。买随身听不需要什么麻烦的手续——我是说万一——很适合伪造。"

"你的意思是,如果山县泰介没有随身听,他并非凶手的可能性就会升高。"

"……是的。"

六浦的思绪一角还保留着山县泰介并非凶手的可能性,这让健比古感到非常无语。为什么每个人都要拖后腿?迄今为止,所有线索都表明山县泰介就是凶手,到了这时候还有什么可怀疑的?

"随身听……我想是有的。"

两个人回到客厅,芙由子低垂着眼睛说。

"好久没看到了,以前好像用过。"

你瞧——健比古虽然没这么说,但表情还是露出了这个意思。六浦似乎对自己预测失败感到失望,但还是尽力掩饰了一下。

健比古正要再问一遍山县泰介可能会去什么地方,芙由子主动开口了。

"说实话……小酒馆附近,确实有几个我丈夫认识的人。好像有两三家吧,我想到几个和公司有关的熟人。"

"真的吗?那请把他们一个个……"

"不过,"芙由子打断健比古的话,"不管哪一家,我都不觉得他们会把我丈夫藏起来。"

"……您的意思是？"

"我和丈夫是在公司内恋爱结婚的。虽然我没在大善支社工作过，但以前在大帝住宅的分店做过事务员，当然知道我丈夫在公司里是什么情况。"

健比古不明白她想说什么，正要忍不住催促她往下说的时候，芙由子犹豫不决地说完了这段话。

"我不认为在陷入困境时，公司里会有人帮他。这么说我丈夫有点不大合适，但他性格太强，在公司里，敌人比朋友多。"

山县泰介

就是这里。

看到挂在公寓大门前的名牌，泰介按捺住内心的欣喜。

躲过那群拿着金属球棒的年轻人，他又跑了几公里。随着临近神通站，行人也慢慢多了起来。虽然现在是上午，算不上人来人往，但毕竟和之前的乡间小路完全不同，不容他毫无顾忌地奔跑。是光明正大地行走，还是继续躲避周围的目光，泰介选择了后者。

他尽量躲在建筑和电线杆的阴影中，确认周围没人后才飞快跑向下一个区域。幸好前下属的家没有毗邻大路。他选择行人稀少的小巷小心前进，就像摸着石头过河一样。

他已经记不得门牌号了，印象中好像是在四楼，结果真的找到了目标名牌。

精神和肉体都快到极限了。他在小酒馆的吧台上睡了一觉，但称不上舒适。除了真知子炒面,他什么都没吃。算上昨天的距离,他跑了将近30公里。

太辛苦了山县先生,很累吧。

他认为会听到这样的话,或者说希望听到这些,不然,跑到这里就没有意义了。自己应当受到欢迎,然后开启逮捕罪犯的逆袭剧情。泰介不想思考除此之外的剧本,他按下可视门铃的按钮,为没人应答而感到焦躁。

没人在家吗?周六一大早就出门了吗?

他又按了两三下,还是没人应答。太糟糕了。但就在他快要瘫到地上的时候,可视门铃忽然传来一阵杂音。

"盐见?"

他低声询问,没有得到回答。

"我是大帝的山县。很久没见,突然打扰,真不好意思,能不能借一步说话……"

"请回去。"

是听错了吗?还是走错了房子?泰介不禁退了一步,重新看了看名牌,确定这的确是前下属盐见的家。他尽力用振奋的声音又说了一遍同样意思的话,但一个疲惫的声音打断了他。

"别闹了……我家里人都在。"

泰介不懂这是什么意思。家里人在又怎样?这时泰介才终于意识到,必须先解释自己是被冤枉的。他对着可视门铃上的摄像头比画，讲述这一切都是阴谋，是有人蓄意陷害，他完全是无辜的，来到这里是为了寻求帮助，找到真凶。

在泰介看来，自己的解释非常清楚，足以系统性地说明整个事件。

"……给你30秒离开，不然我就报警了。"

泰介眼前一片空白。

如果大喊大叫或使用暴力，只会更难证明自己的清白。泰介想到这一点，只能用尽最后的力气讲述自己有多疲惫，想洗个澡，想吃点东西，想睡一会儿。刹那间，他放弃了原先计划好的所有要求，只求能让自己进门。他甚至在猫眼前举起双手，以示自己没有武器。

"我是无辜的，唯一能指望的只有你，求你了盐见。"

但门还是没开。实在不能就这样回去，或者说，他也没有可以回去的地方。这场拜访总要有点意义吧，想到这里，泰介意识到自己已经让步到了极限。

"明白了……就算你报警我也不介意。但是能不能给我5分钟？就5分钟，过5分钟再报警。"

门终于开了。

很久没见的盐见，站在距离大门3米远的走廊尽头。他上下都穿着居家服，手上提着一根9号铁球杆，像是在表示绝不允许泰介对屋里他的家人动手。以此作为接待前上司的态度当然非常失礼，但对于杀了两名女子的逃犯而言，却是恰当的应对。泰介虽然心中愤懑，但也明白自己没资格发泄不满。

盐见右手用力握住9号球杆。

"……你有什么事？"

"求你相信我，我被真凶陷害了……"

"请说事。"

泰介终于想起来昨天在大善支社周围同事的反应，支社长也好，下属也好，没有一个人认为泰介是无辜的，也没有人认为那个"泰介"的账号做了巧妙和完美的伪装。藏在脑海角落里的一厢情愿和以为5分钟就能洗刷冤屈的天真想法，如同倒在硅藻土上的水一样，倏忽消失。

那么，这5分钟里该做什么？泰介开始组织语言。

"我想抓住陷害我的真凶。肯定有人恨我，但我想不到名单。如果你能想到什么人，希望能告诉我。你知道有谁恨我吗？"

"……你这个问题，是认真的吗？"

眼前这家伙明明就是凶手，现在还要装作真凶另有其人的样子。泰介能感觉到他那种讥讽的语气，但如果在这里就退缩，那一切都无法开始。"怎样都行，推测也行，认为我脑子有问题也行，总之，希望你能告诉我。"泰介已把好话说尽，盐见终于开口。

"我一下子想不起来。"

果然如此啊。泰介正这么想，盐见又继续说道：

"因为你很容易招人恨啊。"

你在说什么？你是因为认定我是杀人犯，才说出这种不经过大脑的狠话吧？什么意思啊？连正确的信息都不肯告诉我——泰介的大脑刹那间被出乎意料的绝望包围。就像是在劝解他似的，盐见飞快地说了下去。

"比方说，横川先生……"

"……横川？你说的是能源科的那个横川？"

"现在在能源科吗？当年是在独栋部，不过应该就是那位横川吧。"

横川比泰介晚一年进公司。泰介觉得他不太尊敬自己，但至少他们关系不算很差。自己有什么招他恨的地方吗？这个出乎意料的名字让泰介很吃惊，盐见便告诉他，横川对他有多怨恨。当年，泰介曾经向部长添油加醋地报告了横川的工作失误，让他的评价一落千丈，进而导致横川失去了原本既定的晋升科长的机会，拱手给后辈做了嫁衣——至少横川自己在一次酒桌上这么说过。

听到这番话，泰介感到头晕目眩。这分明是颠倒黑白。员工犯了错误，向上司报告是管理者的义务。难道他希望自己睁一只眼闭一只眼？确实，和其他管理层的人相比，自己可能确实有些严格、不会通融。这点泰介也知道，但他也在以同样的标准要求自己，自己做不到的绝不会强加给他人。横川那件事，泰介自己也因为横川的失误遭到降薪。在向上司报告时，他当然也知道那会损害自己的利益，但他报告这件事不仅是因为规则，更是希望科员能够以此为契机成长起来。就在反驳的话语忍不住要从泰介口中飞出的时候，盐见嘴里又蹦出其他名字。

"还有，阿多古也是，津森也是。"

阿多古希望多留出时间陪家人，但泰介总是叫他去打高尔夫，导致他家庭不和。他对高尔夫这项竞技运动本来就没兴趣，而且打球的费用也不便宜，但又不能意气用事地拒绝邀请，为此愤愤不平。

津森是比泰介大五岁的前辈，但他晋升很慢，在组织架构上是泰介的下属。他总觉得泰介看自己的眼神中带有无法形容的微妙的蔑视。那小子年纪轻轻就升这么快，肯定是得意忘形，看不起自己。当时津森总是把这话挂在嘴边。

"还有野井。"

"……野井？"

野井的工作理念是"温和谨慎"，但强硬的泰介推翻了他好几个提案。他不是那种会主动表达不满的人，也轻易不会抱怨，但他对泰介应该也很不满。

这一个个出乎意料的名字让泰介惊得目瞪口呆。阿多古不喜欢打高尔夫，直说不喜欢就是了；津森完全是出于嫉妒；至于野井，他发誓自己没有推翻过他的提案，只是暂时搁置，等待时机而已。泰介不知该说什么，有点不知所措。

"还有保洁阿姨也是。"

"说了这些塑料盒子不要了，全都扔掉，为什么还留在这里？你就是这么工作的吗？"确实是付钱请保洁阿姨工作，但她并不是公司员工。然而泰介还是把她当成自己的下属一样对待，事无巨细地做出指示，没做到的地方就会毫不客气地批评。这对她来说当然很不愉快。

泰介对盐见说的这件事有点印象，大概是几年前吧，这么说来，泰介上个月还对她提出过类似的要求呢。因为产生了大量要废弃的纸箱，所以他要求她把楼层里所有的纸箱都处理掉。要求是提了，但工作没做到位，楼层里还是到处都剩着纸箱。这种半途而废的工作态度很难让泰介不生气。他感觉和她再说下去也没什么作用，于是直接向保洁公司提出了希望改善的要求。

对于当事人来说，这些可能确实不是什么愉快的经历，但联系保洁公司表达不满本就是正当权利。因为这个就要记恨我吗？难道是我的错吗？

从盐见口中说出的琐事越来越多，泰介完全跟不上一个个去反驳。他精疲力竭，又受到不小的精神打击，心灵上的负荷逐渐逼近极限。

"还有小柳，他对你的不满就非常明显了。"

"不管什么东西，都是公司的财产，一定要珍惜。"小柳用崭新的打印纸当草稿纸，随用随扔，被泰介狠狠训斥了一顿。批评本身完全没有问题，但泰介的表达方式深深刺伤了小柳纤弱的内心。当然，打印纸事件不是唯一原因，可小柳不久就患上了心病，被迫停职。

"不能说都是你的责任。小柳自己也太脆弱了。但如果说有人恨你——我觉得小柳很有可能，他和周围人提起过，认为自己生病的大部分原因都在你身上。"

约好的5分钟后报警，因为与盐见的长谈而早已超出时限。我会抓住凶手——泰介逃出小酒馆时的果敢决心，如同寒冬里断了营养的向日葵，悄无声息地枯死了。

"够了吗？"

"啊……那个，"与其说是内心的希望，不如说是为了完成一开始的目标，泰介带着这股义务感开口说，"最好能借我一个能上网的设备。我想看看那个账号的推文，找到真凶。"

话还没说完，盐见就消失在门里，不到1分钟后，他拿着一部手机回来了，然后把手机扔给泰介。

"没装SIM卡，用的时候要连Wi-Fi。不用还了……你赶紧走吧。"

泰介很想问没装SIM卡是什么意思,但现在显然不能指望得到详细的指导。泰介刚道了谢,里面的房间——大概是客厅——就传来女性的尖叫声。"别给他,你会被当成共犯的!"

那是盐见的妻子吧。她应该也认识自己,但看起来她和盐见一样,不相信自己是被冤枉的。在她叫喊的同时,屋里也传来年幼孩子的哭泣声。不能再破坏他们平静的周六生活了。想来,盐见对他已经算是仁至义尽。

尽管这还不到能让人连声称谢的程度,但泰介也没有什么资格抱怨。他像甩掉易拉罐底部的水珠一样,嘴里挤出几句话。

"……抱歉。你可以告诉警察,就说是凶手威胁你,抢走了手机。"

刚进门的时候,泰介还觉得大门处的暖气不是很足,有点冷,但来到外面时,未曾预料到的温度差让他起了一身鸡皮疙瘩。他一时间忘记了自己正在逃亡,毫无防备地站在大厅里打开手机。电量只剩15%,不过还能正常使用。泰介随即发现搜索软件用不了,这时他才想起盐见说的话。虽然还是不太明白什么叫"SIM卡",但"Wi-Fi"这个词的意思他大致有点印象,应该是需要找个地方连接吧。

他在距离车站稍远的地方找到了一家咖啡馆,一路上要比来的时候大胆一些。这家咖啡馆是连锁店,泰介曾经用过他家的Wi-Fi,知道怎么连。进店当然是不可能的,他绕到后面,挤进一条勉强允许一人通过的小巷，蹲在算不上干净的换气扇排风口下面，后脑勺沐浴着散发霉味的暖气，他重新掏出手机。

连接Wi-Fi没费什么劲，但泰介在那个以为只要重新梳理一遍就能找到线索的"泰介@taisuke0701"汇总网站上，没有找到任何能够锁定真凶的信息。信息本来就不多，又都在宾馆里仔细看过，就算重新看，也没有任何发现。

他连叹气的力气都没有了。

没有目标，也没有办法。最重要的是，盐见接二连三说出的那么多的名字严重地伤害了他的内心。不对，会不会是盐见太极端了？泰介抓住心中涌起的小小疑问，换了一些关键词搜索。

"山县泰介/认识/好人""山县泰介/认识/无辜""山县泰介/尊敬"。

每组关键词都匹配到若干推文，但都不是泰介想看的内容。只是句子里凑巧包含了那些词，并不是认识泰介的人在为他辩护，更没有人坚定地声明他是无辜的。既然如此——泰介迫切地想要安抚自己的内心，于是——

他开始搜索相反的词，"山县泰介/认识/讨厌"。

按下搜索按钮，他立刻后悔了。

五十猛

@isop_take 9

这人以前是我的上司……特别自恋,有事没事就喜欢拉人去打高尔夫。真的很讨厌。认识他的人都知道,这就是他的账号。

> 【速报】尸体照片上传者身份曝光!本名山县泰介,大帝住宅员工,现居大善市

铃木浩三

@kouzou_suzuki_yh

感觉长相有点眼熟,原来是大学的学长。是很强势的人,总是用一副居高临下的态度指挥人,说实话很难相处,也很讨人厌,没想到居然会杀人……

> 【速报】尸体照片上传者身份曝光!本名山县泰介,大帝住宅员工,现居大善市

machiko@插画工作暂停中

@milky_snow_way

救命,这个名字我记得,我现在住的房子就是他负责建的。硬逼我选这选那抬高价格,骗钱的销售。当时就觉得很讨厌,没想到是个恶棍。希望早点抓起来。我都想把房子推倒重建了。

177

> 【速报】尸体照片上传者身份曝光！本名山县泰介，大帝住宅员工，现居大善市

还有许多号称认识泰介的伪造推文——其实几乎所有推文都纯粹是胡编乱造的。泰介读的是男校，竟然有女性声称是他的高中同学，也有毫无业务往来的人声称泰介是他的客户，甚至有女性宣称被泰介搭讪过。只要自称和旋涡中心的人物有交集，立刻就会成为网络上的小名人。试图用谎言满足虚荣心的账号如同雨后春笋般纷纷出现，但上面三条推文却无疑是真的。

"五十猛"这个账号的主人，恐怕是前几年离开大帝住宅的矶村武雄。第二条的铃木浩三确实和推文里说的一样，是他大学时期铁人三项部的学弟。那位插画师"machiko"的住宅的建设工作，泰介也清楚地记得是由自己负责的。

泰介并没有自恋到觉得所有认识的人都会称赞、爱戴、尊敬自己，但从没想过会被他们讨厌。他以为大家都喜欢打高尔夫。实际上，到现在矶村还经常说自己很高兴接到邀请。铁人三项是人与自己的战斗，铃木有点松懈，所以泰介用强有力的话语去激励过他。建房子的时候，泰介也总是站在客户的立场上，提议最合适的商品。就算自己哪里弄错了，至少丝毫没有牟利的打算，不该为此遭受指责。

都不是我的错吧。

会不会是他们都受到了我是杀人犯的流言影响,所以认知发生了扭曲,写出了自己都不相信的推文?——这样的自我安慰越来越不起作用。我好像并不是自己以为的那样——泰介的反省被手机拍照的快门声打断。

泰介惊得像是丢了魂儿。他慌忙回头,只见一个年轻人正举着手机对准自己。完了。泰介想到的时候已经迟了。以为能在小巷里藏身的想法太天真了。年轻人从大路上伸长手臂,把手机的摄像头对着他。

震惊之余,泰介猛地起身,那个拍照的男青年大概以为他要动手,吓得一屁股跌坐在地上。泰介看他摔得厉害,下意识地想去问一声"要不要紧",但现在他实在没工夫去关心别人,他从摔倒的男青年身边通过,跑上大路。

"来人啊!来人!凶手!抓凶手!"

周围人听到男子的喊叫声,一拥而上——之所以没发生这样的情况,仅仅是因为这一带没有什么人。泰介意识到身体比自己想象的更加沉重,但还是迈开酸痛的双腿,劈开凛冽的寒风前进。他不知道跑了多远,也不知道和多少人擦肩而过。他的脚趾几乎没有了感觉,寒冷的空气也让鼻涕流个不停,大脑更是快无法正常运转了。但他决定无视这些,不顾一切地埋头奔跑。

最后，泰介又一次倒在乡间小路的草丛中，就像电池没电似的。他趴在地上，能做的唯有不住地喘息。

那么，现在怎么办？

他试着问自己，却没有答案。

没有目标，没有能洗清冤屈的方法，也没有任何一个可以依靠的人。

泰介很想就这样闭上眼睛睡去，但气温不允许他安然入睡。寒意如同锋利的刀子，残酷地砍向泰介的身体。他好不容易打起精神，像是把僵硬的躯体折弯一般慢慢支起身子，去看感觉异样的——或者说已经几乎没有知觉的双脚。脱下鞋底已经部分剥落的运动鞋，泰介马上后悔了。他的两只脚上的血泡都破了，鞋内沾满了鲜血。

没办法再跑了。

泰介连吸鼻涕的力气都没有了，缩着背蹲在原地。

进退都是地狱。要么被人施暴，要么虚弱地倒下，要么被警察逮捕，依照法律处刑。他逐渐丧失了逻辑思维能力，四肢着地地趴在地上，把头探出草丛，看有没有追兵。

没人追来。

泰介甚至不知道该不该为此高兴。想睡觉，想休息，想吃东西，想取暖，想回家，哪怕能满足其中一个也好。他正想再次缩回草丛，忽然无意间看到竖在面前的广告牌。

他呆呆地看了半晌，思考那块广告牌具有什么样的意义。

——"西肯Live集装箱住宅样板房　向前直行5公里"。

泰介缓慢地吐出一口悠长的气息。

然后，他重新系上沾了血的运动鞋鞋带。

实时检索：关键词"山县泰介/凶残"

12月17日11时20分　过去6小时654条推文

PN11HO
@pn11ho

【求转发】刚刚在神通的Doutor咖啡后面发现山县泰介（第一张照片）。我想抓住他，但是扭打了5分钟，还是被他用力推开，膝盖也受了伤（第二张照片）。他往北边逃跑了。他很凶残，附近的人千万要小心。

猫川PON介
@necopon_3001

努力想抓凶手确实了不起，不过要是不拍照片，直接上去抓他，是不是已经抓到了？

> 【求转发】刚刚在神通的Doutor咖啡后面发现山县泰介（第一张……

低音提琴

@it_contrabass0606

被五十多岁的大叔撞飞很正常。

【求转发】刚刚在神通的Doutor咖啡后面发现山县泰介（第一张……

玄米麦茶

@bakuga_cocoa_milo

拍得很模糊，不过确实像山县泰介。话说他穿的是很平常的深蓝色衣服，是谁说穿着虎头夹克的？误报？散播流言等于协助凶手逃跑，懂吗？确定消息的真实性再转发啊。现在散播流言的家伙真是非蠢即坏。

【求转发】刚刚在神通的Doutor咖啡后面发现山县泰介（第一张……

住吉初羽马

"防身用的。"

小樱丢出这一句后,初羽马不知怎么再往下问了。

"是啊,我猜也是。吓了一跳。"初羽马勉强挤出几声干笑,启动汽车,但已经无法再像刚才那样踩下油门了。并不是因为差点撞到行人的恐惧让他意识到安全驾驶的必要性,而是因为踩下急刹车时从她包里掉出来的两把菜刀一直留在他的脑海里。初羽马越想越觉得不对劲。

追捕杀人犯的时候,手里总要有点武器。这种想法他能理解,何况是女性在追捕男性,多少需要一些武装。

但怎么想都觉得不该是菜刀。

菜刀明显不适合防御,只能用于攻击。而且万一发生搏斗的话,菜刀有可能给对手带来预想之外的伤害,最坏的情况下甚至可能导致死亡。所以一般来说，人们不会用菜刀防身。

"能再快一点吗？"

"啊，好的……是要抓紧点，对吧。"

直到小樱出声催促，初羽马才意识到自己的迷惘直接反映在了车速上，他开的速度远远低于限速。初羽马像是要驱赶邪念似的恢复了车速，但是很快又遇到红灯，踩下刹车。

副驾驶传来焦躁的叹息。

看着小樱恨恨地盯着红灯的侧脸，初羽马忍不住生出预感。

她该不会是想杀了山县泰介吧？

为了给惨遭杀害的挚友报仇，决心亲手杀死凶手，所以她才如此焦躁，想要抢在警察前面找到山县泰介。这也解释了为什么她会选择杀伤力大的菜刀做武器。

报私仇并不是值得称赞的行为。况且如果把这样的她带到山县泰介身边，自己岂不是也成了共犯？但是要想说服她放弃，也无异于在刀尖上跳舞。万一触到她的逆鳞，说不定自己就会成为她的刀下亡魂。

车厢里的空气急剧凝固。

不管多纠结，不停行驶的汽车不久就会抵达目的地。通常而言，小樱赶在警察之前找到山县泰介的可能性非常低，所以她大概没办法报仇雪恨了。尽管明白这个道理，初羽马还是忍不住有种想法，他希望尽量避免小樱和山县泰介接触，或者至少能推迟他们的相遇。小酒馆附近宽敞的停车场明明可以停车，他还是毫无意义地转了三圈，只为稍微拖延一点时间。

小酒馆周围算不上人山人海，但也有好几个看热闹的人。多数是上了年纪的女性，看气质不像是千里迢迢赶过来的好事分子，更像是周围的居民，或是在商店街工作的店员。这里毕竟不是什么案发现场，并没有拉起警戒线，不过酒馆大门上贴着一张写着"本日停业"的纸。

小樱照例开始四处打听。她先是敲门，想要询问店主，没有得到回应就又闯进旁边的店铺，到处收集关于山县泰介的信息。没找到就去下一家、再下一家——范围一点点扩大。

原本看起来很果敢的行动，一旦被发现了真正的目的，就呈现出执念深重的可怕之处。不行，初羽马必须坚决制止暴行，而且绝对不能成为共犯。

没有获得有用的信息，两个人很快又回到车里。

"能不能再帮我找点信息，就像刚才那样？"

初羽马含糊地点点头，从驾驶座上拿起手机。他并不想积极协助，但考虑到如果看了太多无关的信息，可能会引起她的不满，所以只得浏览这次案件的相关新闻。他输入"大善市/杀人案"的关键词，跳转到新闻网站，屏幕上显示出几条之前没怎么出现过的受害女子的相关信息。

那不是别人，正是小樱的好友。

感觉应该确认一下，于是他点开了某个新闻报道的标题。在阅读的过程中，他被那个女生生前的温暖或是作为活生生的人的魅力所打动，也变得义愤填膺——然而初羽马的这种隐约的担心，纯属杞人忧天。

筱田好像是通过交友App和凶手联系的，两个人约在万叶町的公园——这段文字写得有点讳莫如深，但不至于令人产生绝望的厌恶感。女大学生通过交友App结识五十岁的男性，无论怎么正面地理解，也感觉不到纯爱的气息。可悲的是，现在的年轻人都很贫穷，终身雇用的机制名存实亡，标榜新时代工作方式的非正规雇用实际上是在榨取年轻一代。虽然她还是个大学生，但很可能也受到了这类煽动的影响。筱田所选择的道路不值得称赞，但之所以需要经济上的援助，背后可能牵扯到她自身无法控制的复杂因素。

借小樱的话说，"很认真也很体贴"的筱田美沙，有可能是不得不通过交友App寻求男性的援助。

文章的后半部分还写了筱田读高中时田径部的同学谈论她的内容，但怎么解释都和小樱的描述对不上。

"她参加的是吹奏乐部，练习也很认真。"

小樱无疑说过这句话。

他瞥了一眼副驾驶座上的小樱。她正在疯狂地浏览着手机信息，像是一秒钟都不肯浪费。初羽马下意识地摸了摸自己的耳垂,冷得吓人。

"筱田同学一直都在吹奏乐部?"

小樱不耐烦地瞥了初羽马一眼,随即视线又落回手机上。

"……为什么问这个?"

"没什么,随便问问。"

"一直都在。怎么了?"

初羽马完全停下手上的动作,怀疑地盯着小樱。她不是受害者的好友,而且包里藏着菜刀。她声称想尽早找到山县泰介,也的确在全力追查他的下落。但问题是——这个女人到底是谁?

"这里。"

小樱并没有注意到初羽马内心的动摇,因为在Twitter上找到了有用信息,她的表情变得明朗了一些。有推文称,在神通的某个咖啡馆后面发现了山县泰介,并附了一张疑似山县泰介的男性照片。照片拍得相当模糊,初羽马一眼看去连性别都难以分辨,但小樱认定那就是山县泰介,催促他马上开车。

初羽马不想马上答应,装出找钱包的样子拖延时间。

小樱把那条推文截图保存了下来,这样一来,要是推文被删了也不妨事。然后她飞快地打开图片App,确认推文截图的确保存下来了,这才放心地点点头,又顺便看了几张之前的截图。初羽马斜眼看到她手指滑过的几张图片,大吃一惊。

"哎?"

他情不自禁地叫了一声。

"……怎么了?"

"哎,那张图片……就是那条推文吗?"

"这张?"

小樱调出图片,微微侧过手机,问初羽马。"血海地狱。真的和鱼不一样,味道太大了。食欲减退,估计好几天不吃东西。"正是初羽马第27个转发的那条推文,也是这一切的开端。

"那是……网上找到的截图?"

"不是,账号注销前我自己截的。怎么了?"

"……啊,没,没什么。"

初羽马假装终于找到了钱包,跳到车外去付停车费。走到结算机前,又装出数零钱的样子整理思绪。小樱给自己看的那张"血海地狱"的截图上,有一个推文趋势分析的图标。

Twitter有个功能,能显示自己的推文和多少人发生了关联:多少人看过推文,多少人通过推文点进主页,又有多少人点击了其中的链接。各种信息会以数值形式细致地显示出来,由此可以确认推文的扩散范围。这就是推文趋势分析。

点赞数和转发数是其他人也能看见的,但推文趋势分析只有发布推文的人才能查看。所以,推文趋势分析的按钮,只有发布推文的人才能看到。

——"账号注销前我自己截的。"

如果截取那张图片的是小樱,那就揭示出一个令人震惊的事实。

"泰介@taisuke0701"的账号主人,是小樱。

也就是说,真凶是——

逃跑、喊人,还是报警?数零钱的动作已经把时间拖到了极限。回头看去,小樱正在一脸怀疑地看着初羽马。他在结算机前拖延了太多时间。如果再有什么可疑动作,说不定背后就会飞来一把菜刀。

寒冷和恐惧让指尖开始发麻。初羽马决定先报警,但又想起手机放在了车门的侧栏里。必须先回车上,不然什么都做不了。

付完车费,确认地锁收起,初羽马这才不情不愿地回到爱车的驾驶座上。

"请去这里。"

一坐上车,小樱便把手机拿给他看。屏幕上显示的是地图,一个陌生的地方标着红色的标记。

那地方的名字是,西肯Live株式会社样板房。

"……嗯?不是去神通的Doutor咖啡?"

"我估计山县泰介可能会逃到这里,这个样板房的公司和大帝住宅有合作。"

"……你很清楚啊。"

"能抓紧点吗？"

她那不容分说的语气让初羽马倍感压迫，他只得放下手刹。伴随着短促的呼吸，汽车用病人般的速度摇摇晃晃驶出停车场。上了快车道，初羽马在她的指示下转动方向盘。宛如梦游似的，身体和大脑完全分离，他在脑海中拼命整理当前的信息。

小樱是那个"泰介@taisuke0701"账号的主人，这就意味着她是案件的真凶，山县泰介是无辜的。小樱用某种方法扮演了他，还杀害了两名女子，嫁祸给他。而她现在又带着菜刀追踪山县泰介。她为什么要追山县泰介？

灭口……吗？

嫁祸给山县泰介，逼他不得不逃跑，最后还要杀他灭口。初羽马不知道她用了什么手段设局作案，至少在他看来，"泰介@taisuke0701"完完全全是山县泰介本人的账号，他内心深处还隐约认为山县泰介就是凶手。哪里能有如此完美模拟别人的人？山县泰介绝对是凶手。但如果是这样，趋势分析图标又该怎么解释？

初羽马驾驶的汽车不顾他本人的想法，正在逐渐靠近目的地。别担心，警察会先找到山县泰介，不必烦恼。初羽马这样告诉自己。但那可能性无限接近于零的最坏情况，却逐渐呈现出清晰的轮廓，不断蚕食初羽马的大脑。

假如我们抢在警察前面找到了山县泰介呢？假如小樱从包里掏出菜刀杀死了山县泰介呢？我该怎么办？我也会死吗？就算我能逃过菜刀，保住性命，也免不了会被当作从犯。

初羽马手握方向盘，咬紧牙关。

为什么我会遇到这种倒霉事？

我明明什么坏事都没做过。

堀健比古

"收到了神通Doutor咖啡的目击证词，11点左右。"

六浦在走廊里接完搜查本部的电话，把健比古从客厅喊出来告诉他。

健比古坐回到沙发上，迅速摘下蓝色水笔的笔帽，点出咖啡馆的位置，然后从当前时间倒推他可能移动的距离——吸取了以前的教训，这次他把范围画大了一点——用一个圆圈起来。

"您丈夫走了很长的路，估计也很疲惫，不过我们还是把范围放大一些。我知道您也很累了，但还是请帮帮我们。"

芙由子用浅粉色的手帕捂住嘴，像是逼迫自己似的眯起眼睛连连点头。

搜查本部没有完全无视网上的信息。昨天没能找到山县泰介，今天也就是17日一大早，便邀请了县警生活安全部网络犯罪对策科合作。在健比古看来，已经太晚了，不过至少显示出警察组织对网络信息的态度发生了转变。结果他们也确实发现了神通咖啡馆的目击信息，并顺利获得了目击证词。

昨天，当山县泰介逃到紧急部署的包围圈外侧时，他们本以为可能会进入几周、几个月乃至几年的长期战，没想到在这里又找到了最新的足迹。距离抓到他只有几步之遥了。

健比古给芙由子留出思考的时间，再次走向朝自己招手的六浦所在的走廊。

"第二名受害者的身份终于查清了。"

第二名受害者——塞在山县泰介家仓库里的女子。

她叫石川惠，也是在县大学就读的大学生，因为是在没有任何随身物品的状态下弃尸的，而且没有人提起失踪报案，所以确定身份花了很长时间。她和第一名受害者筱田美沙用过同一个交友App，并且也和"泰介"的账号联系过。

根据技术科的报告，她遇害的时间是在本月8日晚上，或者9日早上——也就是一周多前。换句话说，虽然筱田美沙的尸体被发现在先，但按照时间顺序来看，石川惠被杀在前。她的死因是窒息，手法和筱田美沙那时差不多，都是被人在背后用绳子勒住脖子。但筱田美沙是坐在公园长椅上的时候遇袭的，而石川惠似乎是弯腰时遭遇了来自背后的袭击。她的后脑勺留有鞋子踩踏的痕迹，脸颊上也残留着没有擦掉的微量泥渍。可能是头被踩到地上勒死的。

警方没有采集到指纹，但在山县泰介家的仓库中找到了疑似凶器的绳子。受害人后脑勺的鞋印与放在山县家玄关处的山县泰介的皮鞋一致，脸上沾的泥土成分也与山县家庭院里的泥土完全一致。

在警方内部，基本没人再烦恼凶手是谁了。每次出现新的线索，就会积累起更多的"果然""确实"，剩下的就是怎么抓到嫌疑犯了。健比古再次清晰地感觉到自己该做什么，扭了扭僵硬的脖子。

"顺便说一句，筱田美沙和石川惠在网上也有联系。"

牵扯到援助交际就已经不能算是正当了，但筱田美沙她们所做的活动比通常所说的卖春行为更加恶劣。她们会瞄准具有一定社会地位的男性，用交友App引诱他们到酒店开房，办完事后暗示自己掌握了对方的个人信息，对方当然会很惶恐。"想让我保持沉默，这点费用可能不够哦。"——对方只得按照她们的要求，支付超出约定金额几倍的金额。

她们背后似乎还有一个半灰色的组织，负责收集目标男性的个人信息，构建这样一套手法。不过目前尚未查明组织的全貌，而且查明这个组织的全貌也不是健比古和六浦的任务。

不管怎么说，筱田美沙和石川惠虽然互不相识，但都是通过同样手法胁迫男性、榨取金钱的组织中的成员。

"然后这两个人之前好像出了一点失误，导致真名被泄露到网上了。"

"什么意思？"

"应该是被勒索的男性展开了报复。虽然和这次山县泰介骚动的规模不能比，但她们的名字和照片确实被人传到了某个很小的论坛上。她们卖春时用的是假名，估计那人用了什么办法找到了真名。"

事情发展到这里，凶手——山县泰介的犯罪动机也隐约可见了。

可能是以前被她们敲诈过，也可能与她们毫无关系。不管怎么说，山县泰介极其仇恨这些通过卖春行为勒索金钱的女大学生，因而决定利用App把她们引出来。等她们按照约定现身之后，就用绳子勒死她们。这种行为毫无疑问是谋杀，但他心中却扭曲地认为自己是在行善。"顺利的处理完垃圾。"在Twitter上发布的推文也能体现出他那偏执的信念。

实际上，关于是否应当公开受害女子使用交友App的信息，搜查本部内也有争论。世人往往会因为很小的信息刹那间改变对整个事件的看法。以前警方曾经公布过受害女子从事援交活动的信息，试图以此来掩盖自身没有及时出警的失误。如果能巧妙地处理受害人的负面信息，自然对警方有利；但如果这层心思被人看透，也很容易被认为是在找借口。

不过警方认为，既然这次的受害者牵涉如此恶劣的卖春行为,那么公布相关信息并无不妥。自从派出所失误以来,警方的搜查一直徒劳无功,直到现在才终于看到了挽回的可能。

"顺便再说一句——"六浦补充说,"网上被曝光个人信息的女大学生,还有一个。"

"还有一个?"

"对。论坛上一共写了三个人的名字,其中两个已经遇害,剩下的那个人不能放任不管,所以吉田队长去联系了,但是……"

"联系不上?"

"嗯。家里人好像也不知道她现在的住处,更不知道人在哪里。"

"哈……可能是在哪儿闲逛吧,或者已经……"

香消玉殒了。

这话两个人都没有说出口。健比古感觉无关紧要,不过以防万一还是问了第三个人的名字,于是六浦把手机屏幕拿给他看。

"这个怎么念?"

"我觉得可以念成'Sanakura Sae',回头问问。"

健比古从口袋里掏出记事本,在页面的一角上写下"砂仓纱英"几个字。

回到客厅,芙由子还是老样子,视线躲躲闪闪的,落在地图上。

只要健比古坐到她面前的沙发上,芙由子就会没来由地畏惧,所以健比古刻意站在稍远一点的地方,装出眺望窗外的样子。芙由子是否已经认定丈夫是杀害两名女大学生的凶手呢?在健比古看来,她好像还不是很确信。很多时候,如果是一般朋友,倒是可以果敢断言当事人是无辜的,高声申辩其不可能杀人;但如果是夫妻关系,抗辩中就会掺入犹豫的色彩。夫妻无论关系好坏,都对对方的缺点了如指掌。哪怕一开始认为不可能,慢慢地也会隐约意识到过去某些事情与案件的关联。"听您这么说,我想起以前"——于是究竟是否无辜的判断,便就此悬空搁置了。芙由子的现状正是如此。

"我们希望保护您的丈夫。"对她来说,这句话一定听起来很顺耳。恐怕她此时此刻的苦苦回忆并不是为了逮捕他,她在告诉自己,搜寻回忆是为了保证伴侣的安全。

芙由子的母亲不知何时坐到了她父亲坐的餐桌边上,好像终于厌倦了对泰介和芙由子发泄不满,现在正忙着扮演一个对悲剧的来袭感到绝望的人。

健比古看看手表,现在是上午11点43分。没什么变化的客厅让他颇为焦躁,他转身来到走廊,却见六浦正把手机贴在耳朵上听着什么。

"你在听什么?"

"啊，没什么……可能又会让你感觉我多事，不过我还是有点放心不下，找人弄了一份行车记录仪的数据，就是丢在钓具店的那辆车。刚收到数据，我在听。"

"……不是视频，是声音？"

"我想知道的不是行驶情况，是山县泰介在车里说了什么。"

"……那他说了什么？"

六浦犹犹豫豫地把手机递给健比古。健比古把手机贴到耳朵上，很快听到混杂着引擎声的山县泰介的喃喃自语。

"不是我，不是我，不是我。"

"胡说八道。"

六浦小心翼翼地观察着健比古的反应，听到这句话，他尴尬地点点头。哎呀，山县泰介说"不是我"，那凶手真的不是他吧——六浦期待的可能是这种戏剧性的转变。但指望这点信息就能让当前判断发生180度的大转变，那未免太单纯了。不管是哪个罪犯，被捕的时候都会说"不是我""我不知道""我不记得了"，直到慢慢意识到自己在做的事有多蠢，才会老老实实地招供。

对于六浦认为"凶手可能另有其人，不见得是山县泰介"的想法，健比古也并不持否定态度。二科的人不在乎案件逻辑，但一科的人不同，他们更看重拓展视野、探讨一切可能。不过，不管是用社保卡申请交友App账号的怪异感，还是用随身听访问

Twitter的做作感，以及这次行车记录仪记录的喃喃自语，试图靠这些论据就扭转整个案情，未免想得太简单了。

假设凶手确实是第三者，那他想拿到社保卡，还需要侵入山县泰介的家。Wi-Fi也许可以在房子外连接，但首先还是必须进到房里才能找到密码。凶手不可能是外人。

放松点吧，别再说这些怪话来烦我。

怀着这样的想法，健比古拍了拍六浦的肩膀。

"不管怎么说，还是想想怎么抓到山县泰介吧。"

六浦尴尬地笑了笑，轻轻点点头。

实时检索：关键词"卖春组织一员"

12月17日11时44分　过去6小时 1366条推文

丸米乐团第三乐章
@DcihL 5 dg 8 twioC

原来是个"人渣"杀"人渣"的案子。真是谢谢了。

【日电新报在线】大善市绞杀案件：受害者是大规模卖春组织的成员？

雌狮@猛虎下山势

@onetwothreeDONDON

哇,这不是前阵子上过热搜的案子吗?原来还挺同情的,结果是自作自受啊。说真的,干这种事情的人不会有好下场。

> 【日电新报在线】大善市绞杀案件:受害者是大规模卖春组织的成员?

阿政

@MASn74

女人只要有点姿色,赚钱就不是问题。酒吧、KTV、爸爸活儿,轻轻松松,真是简单模式的人生。从某种意义上说,应该感谢凶手给这种现状敲响了警钟。别以为人生很轻松。

> 【日电新报在线】大善市绞杀案件:受害者是大规模卖春组织的成员?

蜜桃柠檬(伪)

@peach_lemon_ura

看到有人说出卖肉体的人活该落到这种下场,真让人不寒而栗。你知道这种工作有多辛苦吗?你知道碰上垃圾客人简直是地狱吗?性病很可怕,避孕药也会损伤身体,睡眠没有规律,皮肤一塌糊涂,但还是不得不工作,你想过这些吗?

【日电新报在线】大善市绞杀案件:受害者是大规模卖春组织的成员?

山县泰介

距离样板房还有5公里，山县泰介实在跑不动了。

不走就会冻死，这是唯一促使自己前进的理由。脚步沉重得像在暴风雪中前进。一步一步，在人行道旁连绵不断的高大灌木丛中艰难前进。尽量不去多想，往前，再往前，只是为了不要停下来。

算了，还是上人行道吧——脚下的地面状况太差，泰介几乎抵挡不住诱惑。幸运的是，这里已经是郊外的郊外了，完全没有行人。脚底的疼痛超过了忍耐的极限。够了。让我哪怕走两步好走的道路吧——就在这么想的刹那，仿佛在告诫他似的，一辆警车从他身边疾驰而过。

心脏跳得几乎要爆炸了。他反射性地扑倒在草丛里，不顾脸上满是泥土，尽力压低身体。

刚才在神通被人拍到了照片，所以警方锁定了自己的位置。

泰介在原地趴了1分钟，等到警车的行驶声远去之后才开始慢慢前进。照这样看，警察可能已经埋伏到集装箱住宅的样板房了。泰介心中生出预感，但他并没有候选的下一个目的地。不会有事的，和西肯Live的合作，哪怕是公司内部也只有一部分人知道。他一边告诉自己不会有问题，一边继续在灌木丛中穿行。

看到样板房的正门时，泰介感动得几乎流下泪来，但现在不是能尽情欢庆的时候。他在草丛里盯着样板房的入口，心中盘算着怎样才能潜进去。样板房的入口只有一个，就是巨大的正门。除此之外，没有其他的道路，但那边太过开阔，让泰介很不安。样板房本身还没开业，里面估计没人，但前面的事务所却亮着灯——有人在。

沿海建起的样板房，三面都被陡壁包围。虽然没有夸张到悬崖的地步，但都是陡峭的斜面，徒步很难攀登。虽然无法仔细观察，但可以看出丘陵的形状。泰介不记得那有多高，不过印象中下面的水泥铺得很结实，以免发生山体滑坡。

如果不从正门走，就只能继续在草丛里前进，然后从某处斜坡滑下去。这真的能行吗？思来想去，其实能选的路只有一条。他不能从事务所前面走，不能暴露行踪。

但当泰介沿着草丛走到样板房的侧上方，探头往下看时，他不禁抱住脑袋。

本以为斜坡和有点陡峭的滑梯差不多，实际上根本不是。

完全是一堵墙。混凝土差不多垂直延续到最下面，高度也比想象中高得多。

他卸下背上的挎包，从里面掏出打高尔夫用的望远镜。望远镜上带有测量距离的工具。他测了测，发现距离地面大约6米，跳下去肯定会骨折。

昨天刚和野井一起拜访过的集装箱住宅，就在正下方。

里面几乎备齐了所有的生活必需品，也通了水电。门可能有锁，不过实在不行可以把窗户砸碎了进去。和预想的一样，员工好像守在事务所里，没有要来样板房的样子。不知道里面有没有吃的，但至少应该有咖啡。只要能进去，总可以躲上一阵。如此就能温暖冻僵的身体，还能在舒适的床上好好睡一觉。

情况真的会那么理想吗？不可否认，电源总闸很有可能关掉了，当时的咖啡也可能是从事务所端过来的。

泰介堵住耳朵，不去听脑海中传来的反驳声。他的思考能力越发迟钝了。无论如何，现在急需一个集装箱让疲惫的身体得到休息。

泰介专注思考着如何从6米高的墙上下去。

不能跳下去。砖块状的混凝土墙面上虽然有些小小的凹凸，但并没有深到能让手指牢牢钩住的程度。泰介没有绳子，地上也没有垫子。如果转回正门去，西肯的员工肯定会发现他并报警，自己也没有力气再走回正门了。他只能盯着下面发呆，手指在寒风中越发僵硬。泰介尝试呼出热气温暖手指，但连呼气都很痛苦。两天里他总计跑了35公里，比马拉松也差不了多少。他的动力不再是对可恨的凶手的愤怒，也不再是对在网上散播流言的蠢货们的反抗。他面临的问题不在遥远的未来，而在眼前，那就是10分钟后自己还能不能活着。

最后，疲惫不堪的泰介制订的计划，是用身上穿的衣服做成绳子。

现在，他上身穿着从小酒馆顺来的防寒夹克，里面是在车里换的自己的运动夹克，最里面则是弹性保暖内衣；下半身是运动裤，里面是同样的保暖裤。不算袜子和内裤，一共五件。把它们全系在一起够用吗？假设一件衣服能解决1米，那么简单算一下就是5米。绑在树根处代替绳子，再算上自己的身高，大概可以落到地面。

他想了半天，没想出比这更好的主意。

泰介首先扔下挎包。经历比预想中更长的滞空时间，挎包才撞到地上，同时传来望远镜破损的声音，这让他意识到从6米高处落下去会有多大的冲击，感觉到自己的想法太天真了。但行李都扔下去了，已经没有退路了。他脱下防寒夹克，凛冽的寒风顿时刺入骨髓。不能浪费时间。泰介下定决心，脱下运动夹克、保暖内衣、运动裤、保暖裤，把每件衣服的袖口、裤口都紧紧绑住。身上只剩下内裤、袜子，还有破破烂烂的运动鞋。

泰介知道自己现在的模样相当滑稽，但这些对于现在的他来说都是细枝末节了。眼下他近乎全裸，寒风正在剥夺他的生命。转眼间他就打起寒战，每过一秒，心脏的跳动就会弱上一分。

他把防寒夹克的一头绑在最近的树根上，但所需的长度比预想的长。夹克只够围着树绕一圈，剩下的衣服长度大约4米——最后1米需要跳下去。他按照防寒夹克、运动裤、运动夹克、保暖裤、保暖内衣的顺序，把它们系在一起，抓住一头用力拽了拽，运动夹克和保暖裤之间一下子松脱了，他慌忙地重新系好。虽然担心强度不够，但只能硬着头皮上了。

泰介把衣服连成的替代绳子垂到墙面下面，距离地面果然还差2米。最下面的保暖内衣贴着墙面摇摇晃晃，看着很不可靠。泰介双手紧紧抓住运动服，慢慢把体重压上去，确定防寒夹克不会脱落，这才小心地把双脚踩到墙面上。

纤维撕裂的声音响起，不知道是哪件衣服发出的惨叫。

一步，又一步——脚尖勾住浅浅的凹凸处，身体慢慢地贴着墙壁往下降。强风像是在耍弄泰介似的，他的皮肤冻得僵硬，某件衣服也在惨叫。可以放手了吗？距离差不多了吧。泰介心急如焚，但往下一看，距离地面还有小5米。不行，不行，还要往下一点。干燥的手背开裂了，血滴下去。泰介毫不在意，抓着运动裤的双手略微一松，滑到运动夹克上。慢一点，慢一点。从运动夹克到保暖裤，再从保暖裤到保暖内衣——但是他打的结不够结实,最下面的保暖内衣刚一碰就散了,飘飘荡荡地落到地上。

要么返回,要么跳下去。纤维撕裂的声音再次传来,再不情愿也必须做决定了。

只能跳。

脚下剩余的高度还有两三米,差不多相当于挂在一般楼房的二楼阳台上。好吧,什么时候跳?数三秒?正在思考的时候,他的身子突然腾空了。

保暖裤断了。

刹那间的寂静降临,世界仿佛停止了。轻飘飘地,一切都暂停了。

这样摔下去会死的。泰介瞬间做出判断,勉强扭转身体,护住要害。撞上了——他摆好姿势后,又往下掉了一会儿,身体才终于撞到地面。全身上下受到均等的撞击,就像被卡车撞上似的。疼痛姗姗来迟,慢慢突破忍受的阈值。泰介不敢放声大叫,只能咬紧牙关,把惨叫声死死咬住。

在原地缓了1分多钟,泰介才慢慢起身。全身剧痛,说不清是因为刚才下落的撞击,还是因为昨天到今天的长跑。不管怎样,他站起来了。如果说这小小的胜利没有带给他小小的喜悦,那当然是撒谎,但眼下也不是可以尽情欢庆的时候。他捡起掉在地上的挎包和内衣,朝集装箱住宅走去。

砸玻璃吧,一点破碎声不会传到事务所那边。泰介做好了准备,不过还是先去转了转门把手,刹那间心中涌出一股暖流。他有生以来第一次感谢上天,打开门,他溜进房里。

这里是天堂。

拧开水龙头就有水,稍等一会儿变成了热水。空调也能用,他毫不犹豫地打开暖气。还有冰箱,里面放了许多盒装的果汁,大约是给顾客准备的。简易厨房配有速溶咖啡,以及电热水壶。虽然没有吃的,但这里有泰介想要的一切。集装箱住宅太棒了,昨天自己居然会纠结脚步声的问题,真是蠢得没救了。

泰介透过蕾丝窗帘的缝隙朝外看,确定事务所那边没有察觉,于是先冲了个澡,洗掉身上的泥污和血渍。冻僵的身体在热水中放松下来,他还久违地用了马桶。虽然没有替换的衣服,但暖气够强,他并不觉得冷。他泡了一杯温热的咖啡,坐到厨房的地板上。这里是外面的视线死角。泰介裹着从卧室里拿过来的被子,咖啡的温暖渗透到全身。他真切地感觉到自己仿佛被剥夺了一切,只剩下一个赤裸裸的灵魂。

对于蒙受不白之冤的愤怒当然还在心中发酵,但对于落到这个地步的过程,泰介也发现了某种出乎意料的必然性。

骚乱开始时,首先被剥夺的是什么?回想起来了,是工作。然后被剥夺的呢?——是家。接下来被剥夺的是汽车、食物、睡眠,最后连衣服都被剥夺了。泰介在漫长的岁月中获得的东西又被一个个夺走，就像是倒带一样。那么，此刻泰介手中剩下的是什么？由泰介自身构建起来的、无论被多么残酷地对待都无法被夺走的东西，到底是什么？人望？信任？肉体？

——因为你很容易招人恨。

迄今为止，到底有多厚的铠甲在保护着自己？一想到这里，泰介就觉得自己或许迟早都会遭遇这样的命运。也许并没有凶手，也许一切都是某个无比宏大的存在所策划的宏大警告。它是试炼，它是惩罚。泰介的身心都疲惫到了极点，思绪陷入深邃的沟底，无法动弹。

"我不能再帮你了！"

外面传来的吼声让泰介大吃一惊，但他连颤抖的力气都没有。

那是一个年轻男性的声音。一开始泰介以为是西肯的员工在吵架，但好像不是。他保持着压低的姿势，避免被外面的人发现，小心翼翼地从窗帘缝隙中观察窗外，看到一个身穿便服的男人，怎么看也不像员工。那人二十多岁，也可能不到二十岁。看不到他在对谁说话，对方似乎站在泰介视线的死角处。

"小樱小姐，你是想杀山县泰介吧？"

这是一句令人震惊的话，然而泰介只能像听别人的事情一样听着。

"不然为什么在包里放菜刀？"

看来那个和男子对话的人叫小樱，随身带着菜刀。

这当然足以让泰介恐惧，但他实在太疲惫了，正处在一种冷漠的"躺平"状态。逃不掉了，他的人生从一开始就注定了这样的结局。他甚至觉得自己真的杀了两名女大学生。

罪孽深重的一生，将以这样的方式落下帷幕。

真应该好好向野井、向小柳、向阿多古、向铃木、向矶村、向横川、向保洁阿姨、向盐见谢罪，应该以头抢地，忏悔自己没有早些向他们谢罪。

"你们是什么人？请马上出去。"

远处传来熟悉的声音，集装箱住宅外面吵了起来。青年男子当即道歉，说马上就走，而那个名叫小樱的人则在争辩什么，但她的声音比其他两个人小很多，泰介听不清楚。听完小樱的辩解，西肯的青江斩钉截铁地说："山县泰介怎么可能在这里？门都是锁好的，谁也进不去。请你们离开，不然我要报警了。"

又争辩了一会儿，两个人的脚步声渐渐远去。青江把那个青年和带着菜刀的女子赶走了。正感到庆幸的时候，泰介忽然意识到青江在撒谎。"都是锁好的"，他为什么撒谎？——刚想到这里，入口处传来门把手转动的声音。

泰介闭上眼睛，屏住呼吸。

走进来的青江毫不犹豫地打开灯，踩出集装箱住宅特有的巨大脚步声，走向厨房，然后在裹着被子的泰介面前停下。完了。泰介战战兢兢地抬起头,只见青江冷冷俯视着自己,一如既往地面无表情。

"山县先生,您真的在这里啊。"

很抱歉擅自闯入,很抱歉擅自使用集装箱住宅,很抱歉擅自洗澡。泰介一时不知道该先为哪件事道歉,在取舍间犹豫了片刻,最终用嘶哑的声音说出自认为最应该优先声明的一句话:

"……对不起,但我不是凶手。"

听到泰介的话,青江的表情没有丝毫变化,当即回了一句:

"我知道。"

刹那间,泰介全都明白了。

陷害自己的凶手,正是青江。

不知道他用了什么样的阴谋,总之,一切都在他的掌握之中,说不定泰介来到这座集装箱住宅,也在青江的计划里。动机很清楚。昨天之前泰介还认为自己的要求很合理,但此刻他也觉得自己对西肯提出的都是些不近情理的要求。道德绑架、职权骚扰、欺诈供应商,站在对方的角度,完全有理由这么想。泰介在脑海中一点点厘清事件全貌时,青江走出了集装箱住宅,这次他锁上了门。

他是怕掉进陷阱的猎物逃跑。其实如果冷静思考的话,就会想到门依然可以从内侧打开,但现在的泰介根本想不了那么多。等待他的会是什么?把他连同整个房子一起烧掉,还是会在黑暗的房子里被施加私刑，又或者被抓住交给警察？泰介做好了觉悟，准备迎接惩罚，无论它多么残酷。过了不久，传来门锁打开的声音。

不知道青江会拿来什么样的刑具——然而，他放在泰介面前的，却是食物托盘。果汁、意大利面、简单的沙拉，还有两个甜面包。哇，下毒吗？意大利面冒着腾腾热气，散发出番茄酱的柔和香味，强烈地刺激着泰介的胃口。好想吃啊，光是看着就忍不住流口水。但这肯定正是青江的目的，只要贪婪地吃下去，速效剧毒必然会瞬间要了自己的命。他记得世界上有这种酷刑和折磨。

快吃吧——泰介脑海中充斥着青江即将破口大骂的预感，然而青江却慢悠悠地坐下来，客客气气地伸出双手。

"请用餐吧。听说有人在神通看到你的时候，我就想你会不会到这里来，所以留了个门。你也真厉害，竟然能用衣服绑成绳子爬下来。看到垂下来的衣服，我可太意外了。"

不是陷阱？泰介难以置信地听着青江的话，他感觉自己像是在询问审判自己的阎王："你相信我是无辜的？"

"这个啊，怎么说呢……"

青江含糊地应了一声，掏出手机，飞快地操作了一番，然后把屏幕拿给泰介看，上面是"泰介@taisuke0701"的推文汇总网站。青江也和泰介一起看，他把推文的内容读了出来。

"'食欲减退。估计好几天不吃东西'——少了个'想'字。'用肥皂洗了手，味道完全很大'——'完全'用在这里不通顺吧。'顺利的处理完垃圾'——'的'字用错了，不是'顺利的'，应该是'顺利地'。"

青江抬起头，一脸理所当然地说。

"这种莫名其妙的日语，大帝住宅的山县先生是绝对不会容忍的。"

泰介想笑，眼中却滚出泪水。

住吉初羽马

一到西肯Live样板房这个目的地,小樱就从副驾驶座上跳下来。她似乎不怕被员工发现,公然从事务所前面穿过,闯进展示区。她手里提着装了菜刀的提包,从最近的一栋开始,逐一查看五栋样板房。

不行,必须阻止她。小樱来到第三栋样板房门前的时候,初羽马终于开口了。

"我不能再帮你了!"

他刚大喊了一声,西肯的员工马上出现在背后。果然是闯进来的时候被发现了吧。小樱指着一栋样板房,说里面可能藏着逃犯,想进去看看,但显然没人会听不明身份的闯入者的解释。

两个人被赶了出去,回到停在路边的车上。

初羽马已经一口气质问她是不是打算杀了山县泰介了,没办法再回到之前的状态。现在小樱的菜刀还在包里，不知道什么时候她可能就会把刀尖对准他的喉咙。他绝对不想和小樱单独挤在狭小的车里，于是借口上厕所离开。

走到事务所附近，回头看小樱没有追上来，初羽马开始考虑要不要直接向事务所的员工求救："她可能是凶手，请报警。"但是唯一的证据就是她手机上保存的截图，万一她因为证据不足而被释放，自己可就危险了。

初羽马没有进事务所，而是绕到建筑物的后面。他先确认四下无人，这才掏出手机，开始寻找能够证明小樱是凶手的证据。

他重新浏览死者筱田美沙的相关信息，她的确不像是小樱的好友。高中时她是田径部的成员，但直到上大学才从广岛搬来这里。初羽马不知道小樱是哪里人，假如她是筱田在广岛定居时的同学，至少会说起一些关于家乡的话题。她肯定在撒谎。进一步搜寻受害者的相关信息，得知另一名受害者石川惠同样利用交友App卖春。当他发现两个人的共同点在于个人信息都被泄露到网上时，自然也知道了还存在一位有着同样遭遇的女子——砂仓纱英。虽然这个名字上明确写着读作"Sanakura Sae"，但如果把"砂"（Sana）字读作"Sa"的话，"砂仓"（Sanakura）就成了"Sakura"——樱。

卖春团伙的背后是一个半灰色组织，教导女性如何从男性身上榨取更多的金钱，由此获得提成。半灰色组织收集目标男性的信息，向基层的女性下达指令。初羽马根据新闻网站上的信息，拼凑起这样的假设——

比如，三名女子犯下错误，泄露了个人信息，于是半灰色组织决定制裁她们。从地下组织的性质来说，可能称之为"收拾"更合适。不过组织不能公然行动，至少不能牵扯到杀人案上，所以从卖春目标——高收入男性的名单中筛选出可供栽赃的人选。虽然不知道筛选条件是什么，总之，他们确实选出了一个人，那就是山县泰介。组织把一切罪责推到他身上，并且打算把他也灭口。组织把这个任务交给了犯错的女子之一——小樱，或者说砂仓纱英。

仓促间能做出这样的推理，也算是相当不错了。初羽马心中已然坚信小樱就是凶手。该怎么证明呢？他双手握着手机，思来想去，最终认为还是应该报警。有人报案，警方肯定会追查。趁自己现在还没事——人生中他第一次按下"110"，点击拨打按钮，刚把手机贴到耳边，手机突然被人拿走了。

"你不是去上厕所吗？"

初羽马并没有用力握住手机，因而被小樱轻易地拿走了。她冷静地挂掉电话，怀疑地瞪着初羽马。

"……是你干的吧？"

"什么？"

"……这个案子,是你干的。"

初羽马当然很害怕。不过他现在之所以敢问出口,是因为小樱并没有拿着那个装着菜刀的包。

"……你说筱田美沙是你的好友,但她是田径部的,不是吹奏乐部的。还有你给我看的那个'泰介'账号的截图,上面有推文趋势分析的图标,这足以证明你才是那个账号的主人。你的真名叫砂仓纱英……是吧?"

初羽马不会武术,但他的力气总不至于比不上纤细的女性。真要动起手来,靠体力把她压在地上也是个办法。如果她给出肯定的回答,就找西肯的员工帮忙报警,把她交给警察,这个案子就此结束。初羽马不仅不会受牵连,还会得到感谢。

听完初羽马的话,小樱盯着地面沉默了一会儿,像是在思考怎样应对最合适。她的视线来回游移,最终叹了一口气,似乎感觉是在浪费时间。

"你说得没错,我不是受害者的好友。那是骗人的,对不起。还有,账号是我十年前创建的,我承认。"

"果然……"

"但是被盗了。"

"……被盗了?"

"是的。有一天,凶手突然偷了我的账号,所以我的截图上才有趋势分析图标。因为那本来就是我创建的账号。但是我发誓,那些推文都不是我发的,当然我也不是凶手。"

"哎呀,原来如此,是我错怪你了"——小樱的解释并不足以让初羽马做出如此回应。社交媒体账号被盗的现象并不罕见,初羽马周围也有人遭遇过这种情况。但是十年前创建的账号被人盗走,还被窜改成莫名其妙的高尔夫爱好者的账户,而她对此毫无反应,坐视盗号者演绎一出杀人案件,这未免太奇怪了。

"你是因为自己的账号被人盗走,才想要追查凶手?"

"……也可以这么说。"

"……带着菜刀?"

"都说了那是防身用的。"

为什么盯上你的账号?盗取账号的人是山县泰介吗?还是冒充山县泰介的另一个人?就算十年前创建的账号被人盗取用于犯罪,可你为什么要拿着菜刀加入这场追逐游戏?初羽马心中涌出无数疑问,简直来不及整理。他能得出的结论只有一个:她——小樱或者砂仓纱英,确实是这起案件的凶手,只是由于身份败露,情急之下胡乱编造了一个借口,试图蒙混过关。

果然应该报警的。初羽马再次下定决心。就在这时,小樱抛出一句:

"山县泰介是无辜的。"

初羽马逐渐感到不耐烦了。不管她是不是幕后黑手,至少她以某种形式参与了这起案件。再和她一起行动,对他没有好处。小樱只是参加过一场自己社团举办的活动而已，说到底就是个陌生人，本来也没必要帮她的忙。而且在初羽马的内心深处，他有意不去思考的歧视性观点也开始不自觉地膨胀起来。小樱应该就是砂仓纱英，那么说来，一切都是她自作自受。不管现在面临怎样的困境，归根结底都是她出卖肉体赚钱的结果。这个女人明明在卖春，却装成受害者参加"网络交友研讨会"，真是不要脸。

够了，到此为止吧。别再听她胡扯，把她丢在这里，别去管了。凶手是谁都无所谓，反正和我无关。一个人开车回去吧。

"照这样下去……"

和决定与案件彻底保持距离的初羽马相反，小樱的神色比之前更加焦急。或许也有气温太低的缘故，她的嘴唇微微颤抖，双眼发红，呼吸急促。

"山县泰介会被当成凶手结案的。"

这和我有什么关系？初羽马想。

"即使证明了他是无辜的，下一个被怀疑的就会是账号的主人，也就是我。"

警察不可能这么轻易下结论。她的脑子到底是怎么长的？初羽马越来越厌烦，感觉自己就像在和有病态妄想症的人说话一样。他决定马上离开。对不起，我不能再陪你了，我回去了。你太奇怪了，我不懂你在说什么，你解释再多也说不通。太危险了。冷静点想想,我也没有义务和你一起行动。

"这件事本来和我也没关系。"

丢下这句话,初羽马转过身。他带着诀别的意味,坚定地踏出第一步。

"狡诈的凶手一定还躲在什么地方!"小樱带着哭腔说,"那个危险的杀人犯还没落网!他在陷害我和山县泰介!"

初羽马毫不理会,又走了三步,背后的声音变了。

"你以为我为什么会请'住初'帮忙?"

初羽马下意识地停下脚步,回过头,她已经泪流满面。

"因为我们读同一所大学?——不是。因为你有车?——不是。因为以前参加活动时感觉你很可靠?——不是。"

小樱抽泣着,尽力挤出低低的声音。

"是因为,你是这起事件的'万恶之源'。"

山县夏实

从星港回到空无一人的家。

打开大门,走到院子里的时候,夏实才想起没拿钥匙,钥匙一直放在外婆家的日式房间里。没办法,只能用应急钥匙了。

夏实把放在玄关旁边的盆栽轻轻挪开,取出藏在里面的一个类似音乐盒的小盒子。

"……哎,你家的钥匙藏在这种地方?"

"……嗯,"夏实犹豫地点点头,"要保密哦。"

"太不小心了吧?"

"嗯……不过我家并没有遇到过小偷,而且这个还有密码。"

说着,夏实打开盒子上的密码锁。"密码是'0701'——爸爸的生日。"脱口而出的"爸爸"这个词,让夏实一阵心痛。

走进房间,看到山县家的装修,江波碳双眼发直。好厉害,好大，好漂亮。"

"虽说在同一个学区，到底还是万叶町厉害。山县同学，你住在这么好的房子里呀。"

受到称赞当然开心，但夏实现在的精神状态不容许她笑着炫耀。毕竟不是来参观房子的，她径直坐到电脑前。本想连上网就换给江波碳，但在输入密码时遇到了意料之外的问题。虽说原因是在她身上，但是看到在自己不知道的地方还残留着被戒备的痕迹，夏实的心中越发苦闷。

"不行……密码改过了。"

"……什么意思？"

"应该是……不让我上网。"

客厅里的电脑本来是爸爸为了在家办公而买的。爸爸不太上网，但是很会用Office系列的软件。他用得不多，但在刚买回来电脑的那段时间里，经常会打开这台电脑制作简单的文件。只是后来不知道是因为在客厅办公的效率太低，还是出于别的什么原因，他改去书房用公司发的笔记本电脑办公了。

所以严格来说，这台电脑并不是夏实的。但她的确用得最多，也以为自己是它实际的管理者。结果现在密码却被改了。当面挨骂固然难受，而现在这种情况又是不同的另一种痛苦。

"家里人不让你上网？"

"……唔，也没有明确说，但是改了密码应该就是这个意思吧。我很久没开电脑,都不知道密码改了。"

"这样啊……"

江波碳大概没明白,但还是摆出恍然大悟的样子点了点头。

既然这样,那就把整件事情从头到尾和江波碳说一遍吧。

对夏实来说,那当然是一件羞于启齿的事,她不可能主动告诉别人。但神奇的是,她觉得告诉江波碳也没关系。她想象不出江波碳会把这件事情拿到学校里说,而且感觉他可能会提供一些意想不到的建议。

"你知道我曾经在网上和不认识的男人约会吗?"

夏实谨慎地选择适当的言辞,把自己的经历和盘托出。

自从可以自由使用这台电脑以来,她就开始访问某个论坛。和生活圈完全不同的人交流,本身就是一种乐趣。学校的事、朋友的事,她把大大小小的事情都发到论坛上,慢慢和某个男性熟络起来。

见个面吧。

夏实并没有感觉到恋爱般的雀跃。说极端点,她根本不关心对方的容貌。虽然只隔着屏幕交流,但在交流中夏实却感到两个人很合得来。他们互相出题猜谜,玩得很开心。如果见面肯定也会度过一段快乐的时光。趁妈妈在厨房做饭的时候,夏实给出了回复。

学校课堂上当然反复强调过和网上的陌生人见面的危险性。

社会上真有可怕的事情，我也要当心啊——刚听完后夏实也能好好记住，但当自己成为当事人时，从课堂上听到的教训就被忘得一干二净。对方的态度十分和善，感觉不到丝毫恶意。这个人肯定没问题——倒不如说是，我应该没问题。

但是，在约定的当天，那个男人没有出现在约好的地方。

他猥亵、强奸多名小学女生的行为败露，被警方通缉。

"警察来到我家，说明了整个情况。爸爸气得要死。"

"……骂你了？"

夏实点点头，意识到眼中噙满了泪水后，她用手指掩饰似的拂过眼睛，小小的泪珠滴落下来。

"狠狠骂了一顿。"

说完这句话，夏实考虑要不要把"狠狠"两个字中隐藏的细节也说出来。爸爸是怎么骂的，态度怎么样，发生了什么。但最后她还是决定闭口不提，现在败坏爸爸的名声没有任何好处。

江波碳郑重其事地点点头，像是在安慰夏实，随后又像想起了正题似的，问她有没有别的什么东西能上网。

夏实犹豫了一下，静静地站起身来，走向客厅里的橱柜。橱柜里有个装有安卓系统的随身听能上网，虽然严格来说那是爸爸的东西。爸爸喜欢听音乐，看到广告说它能保存几千首歌曲，很心动，于是买了下来，但又没学会那玩意儿的使用方法，很快就闲置了。现在它已经属于夏实了，有时候她会用它代替手机上网查点资料。

把那个给江波碳吧——想是这么想的,但夏实没找到随身听。本以为爸爸妈妈都不用,除了自己不会有人碰,但它不知道被放到哪儿去了。她找了几个能想到的地方,连影子都没找到。

"怎么了?"

"……随身听能上网,我在找,但是没找到。"

"……不会是家里进了小偷吧?"

"不可能,小偷肯定会偷更值钱的东西。"

然而,到最后她也没找到随身听,不知道放哪儿去了。虽然有点奇怪,但也不至于大惊小怪,反正肯定在家里某个地方吧——在这样的安心感的作用下,夏实没有继续找下去。

没有电脑,也没有随身听,这下要怎么上网?她正想着是不是干脆放弃,江波碳指了指客厅里的游戏掌机。

"这个连上Wi-Fi也能上网。"

夏实通常都在不联网的情况下打游戏。虽然每次开机时看到了上面显示的联网信息,但爸爸妈妈都不太能弄得懂,而且玩游戏也没遇到问题,所以她一直没去理会。

路由器放在电话台上,旁边记录了连接用的密码。江波碳熟练地输入了密码,将游戏机切换到联网状态,随即立刻开始浏览网页,寻找有关"往前入勿动"的信息。

盯着画面的江波碳表情十分认真。夏实喊他坐到沙发上，他含糊地应了一声，还是坐在了地毯上。夏实坐在沙发上，看了一会儿坐在地毯上的江波碳，感觉有点不自在，于是她借口拿饮料，逃去了厨房。

江波碳完全没注意到夏实递过来的苹果汁。过了15分钟，他才从屏幕前抬起头，一脸阴郁地说：

"对不起……还是没弄明白。"

夏实并不惊讶，而且对于江波碳的这种反应，她也觉得非常正常。那当然不是在网上找找就能找到的，星港那个男子说的凑字也根本不可能。只是夏实不好意思开口说自己从一开始就不认为能有什么收获，所以只能做出略带遗憾的表情，含糊地回应了一声。

"除了'往前入勿动'，我还翻了很多网页，写的都是对这次骚动的看法，但都没有什么帮助。其实每个人说得都一样。"

"……都一样？"

"嗯。"江波碳用力点点头，眉头皱得更紧，表情显得愈加严肃，"当然啦，严格来说并不是完全一样的，但是仔细看，会发现他们说的貌似五花八门，其实全都是一个意思。真是太差劲了，我可不要长成那样的大人。"

夏实没明白他的意思，不过江波碳的话里有种无法形容的力量。

"总之，我没找到任何有关'往前入勿动'的信息……对不起，山县同学。我大言不惭地说能找到罪犯，但是折腾半天就是这个结果，真是很没用。"

终于调查不下去了。江波碳的性格本来就很耿直，拿到徽章后更是干劲十足。但是到了这时候，他好像终于承认陷入了困境。江波碳低头咬着嘴唇，像是在为他的能力不足而道歉。但夏实完全不觉得遗憾，她对江波碳终于放弃感到宽慰。

那今天就到这里吧，我们周一再见。夏实本可以就这样和江波碳道别，但是看到他如此努力，她开始觉得自己应该说出真相了，这样才能体现出自己的感谢，或者说是诚意。夏实深吸一口气，张了张嘴，然后终于下定决心，打破了客厅里的沉默。

"江波户同学，对不起，其实……我知道。"

江波碳慢慢抬起头。

"知道什么？"

夏实停顿了几秒，然后告诉他：

"我知道瓦片屋顶的'往前入勿动'在哪里。"

堀健比古

"西肯……是哪儿？"

芙由子的手指在地图上摸索着，喃喃自语。

"和您丈夫有联系？"

健比古盯着芙由子的脸。她伸手去拿桌上的手机。

不需要很准确，无论想到什么，您只管全都告诉我们就行。健比古表达了这个意思后，芙由子的话终于多了一些。"不知道丈夫会不会去找，神通的咖啡店附近，这里，还有这里，有他认识的人。"搜查员立刻前往，果然在其中一家得到了山县泰介来过的消息。当年山县泰介做过他们的证婚人，从这种关系考虑，他家本应该被纳入警方的观察范围，但他早在三年前便从大帝住宅辞职了，所以警方没能掌握到他的情况。

在山县泰介的威胁下，他被抢了一台没装SIM卡的手机，不过没有发生其他情况。当事人声称自己是无辜的。虽然从结果上看,他算是为山县泰介提供了部分帮助,但既然是受了胁迫,只能说情有可原。他们声称:"我们绝对没有协助他逃亡。我们可没犯罪。"

这算不算协助逃亡另当别论,严格来说,山县的照片是在去过盐见家以后被拍到的,因而从时间上看,这也算不上什么有用的信息。不过,警方正在逐渐跟上他的踪迹。

"夫人,我们查明您丈夫确实去过盐见先生家。感谢您提供的重要信息,照这样下去,我们一定能保护您丈夫。"这句鼓励般的话,似乎让芙由子感到自己的正确性得到了认可,脸色稍微舒展了一些。

没多久,她似乎在手机中找到了其他信息,一脸释然地点点头。

"这是一家建造集装箱别墅的公司,最近和我丈夫有业务往来。"

"您能再说一遍是在哪里吗?"

"在这里,西肯株式会社。我丈夫以前给我们看过一本宣传册,问我们对那种房子有没有兴趣。宣传册应该放在那边的家里。"

健比古刚递了个眼色,六浦已经站起身去联系搜查本部了。

随着芙由子提供的信息越来越多,沉淀在客厅里的凝重气氛也逐渐散去,在场的全员心情都变得较为轻松了。虽然还没抓到山县泰介,至少现在已经从芙由子口中得到了所需的信息,接下来,就是等待从现场发回的消息。

六浦报告完毕,从走廊回来,坐到健比古旁边,然后斟酌着词句对芙由子开口说道:

"我想问问您家房子的钥匙……"

"……钥匙?"

"对。"

六浦问:"外人有没有可能潜入房子?比如,有没有在安全措施不严格的公司配过钥匙,或者把备用钥匙藏到名牌后面。"

芙由子的脸上闪过一丝犹豫,不过她似乎觉得告诉警察应该没问题,还是吞吞吐吐地承认有备用钥匙。

"其实,玄关旁边的盆栽下面有个盒子,里面有备用钥匙。"

"什么时候放在那儿的?"

"从建房子的时候就一直在。以前我女儿经常忘记带钥匙……不过盒子本身有密码锁,也不是太马虎。我们从来没有把密码告诉过其他人,家里也从来没有小偷进去过。"

"除了您家人,其他人都不知道密码吗?"

芙由子点点头,六浦迅速在笔记本上写了几笔,然后缩起圆珠笔的笔尖,像是在斟酌什么,他在笔记上飞快浏览了几遍,这才轻轻合上笔记本,郑重地盯着芙由子的眼睛。

"我还想请教一个问题,可以吗?"

"嗯。"

"芙由子女士，您是怎么看待您丈夫——泰介先生的呢？"

就连健比古都快要对六浦那些不明所以的问题感到厌烦了，但他不想让外人看出他们的步调不统一，只好努力皱紧眉头，避免露出惊讶的神情。

"啊，这个，嗯，该怎么说呢……"

芙由子似乎也对这个出乎意料的问题感到困惑，她用手帕捂住嘴，开始思考答案。

"我爱他。""我尊敬他。""他是很出色的丈夫。"——到底什么样的答案能让六浦满意？"他从来不用交友App，他对卖春行为很宽容，他是善良的人，绝不会杀人。"——如果听到这样的回答，六浦是不是会以为拿到了王牌，又要和自己争辩说山县泰介不是凶手？

健比古认为这是在浪费时间。他朝继续思考的芙由子默默致意，把六浦重新叫到走廊里。

"这次你又想问什么？"

"对不起，我还是觉得应该探讨一切可能性……"

"也就是说，你还没放弃凶手不是山县泰介的可能性。"

"……大概，算是吧，对。"

不想再进行这种无意义的对话了。健比古叹了一口气，耐心细致地解释起为什么除了山县泰介不可能另有凶手——他本以为这已经不用再说了。迄今为止六浦所提出的那些疑点，其实并没有什么可疑之处。社保卡、随身听、家里的路由器、行车记录仪，这些都可以得到解释。凶器也都是在山县家的仓库里找到的，尽管上面没有指纹。至于最先发现的筱田美沙，在推断死亡时间里，也有人在案发现场的万叶町第二公园附近目击到了山县泰介。

"只能是山县泰介。"

"可是……"

"六浦警官，我不是不明白你的心情，但是这样吧，假设真有人想要陷害山县泰介，那么要想用随身听连接山县家的Wi-Fi、要想用山县泰介的皮靴踩踏受害人、要想拿到社保卡，这些都需要进入山县家里。他怎么进去？这是不可能的——刚才他夫人已经证明了这一点。而且数据库里也没有他家曾经被盗的记录。"

"所以……"

六浦压低声音，但语气却异常坚定。

"芙由子夫人是唯一的嫌疑人。"

这可真是出乎健比古的预料，他差点脱口而出"你说什么胡话"。不过他也是专业人士，并没有被情绪控制。他把芙由子是真凶的可能性放在同等的基础上，用公平的头脑去思考。

"芙由子女士能够在十年的漫长时间里，在Twitter上扮演山县泰介。本来应该用驾照，但驾照被山县泰介随身带着，所以只能用社保卡申请——这也说得通。"

健比古把六浦的话仔细考虑了1分钟，得出和他完全相反的结论。

"不可能啊，不可能。"

六浦用频繁眨眼表达不满，但健比古的想法没变。

"如果恨丈夫，直接杀死他就行了，何必搞那么复杂的模仿，还要杀掉两个毫无关系的女大学生？"

"确实很复杂，但是万一——"

"六浦警官，先这样吧。"

健比古转身就走，不想再搭理六浦。回到客厅，他把身体埋回刚才坐的沙发里，喝起已经完全冷掉的红茶。

"刚才的问题……"

健比古一下子没反应过来芙由子说的问题指的是什么。

"就是问我怎么看我丈夫的问题。"

刚才他们在走廊里讨论的时候，她好像一直在思考答案。不过健比古对这个问题没什么兴趣。不管她怎么回答，都不可能据此做出判断。他不想断言六浦的推论大错特错，但对这个问题他完全无法评价。

我丈夫非常好，非常差，随便什么答案都行吧，他等着芙由子继续说下去。

233

"很难回答。"

芙由子刚说出这句话,从走廊回来的六浦就急忙坐到沙发上。

"您的意思是?"

"真的很难回答。"

芙由子把一直捂着嘴角的手帕仔细展开,轻轻铺到桌上。手帕的一角绣着一朵小花。这块优雅的手帕与她的气质十分契合,连健比古都能一眼看出它不是便宜货。

芙由子静静地观察了手帕半晌,然后像是完成了某种仪式似的,重新把手帕折起来,双手握住。

"当然,我曾经真心爱过他。"

餐桌旁,芙由子的父母也在侧耳细听。

"如果问我是喜欢还是讨厌,那当然是喜欢。我也尊敬他。但怎么说呢……这十年来,有些时候连我自己也不太明白。昨天妈妈抱怨说,发生了这样的事情,居然连个电话都不打,说实话我也同意。他为人强硬,又不擅长察言观色,一点也不能理解周围人的心情,也完全不考虑我的负担和压力。我一直在想,为什么是我,为什么只有我,为什么这个家的负担这么重。我们为这些事情吵过好几次,但慢慢地,就连吵架都吵不起来了。"

她犹豫不决的语气,让健比古的内心产生了轻微的动摇。

虽然社会上更喜欢谈论抢劫杀人、强奸致死、随机施暴之类的凶残且刺激的案件，但实际上，据统计，超过半数的杀人案都是在家庭内发生的。丈夫杀害妻子时，一般是丈夫独自作案，但在相反的情况下，也就是妻子计划杀死丈夫时，多数都会寻找同谋。原因很简单，妻子的力气很少能和丈夫匹敌。另一个原因则是女性对于杀人的心理压力比男性更大。

如果她有共犯呢？

健比古感觉自己第一次被六浦的假说吸引了。从她口中说出的"十年"一词，释放出异样的存在感，那个Twitter账号正是在十年前创建的。不，没这个道理，真凶怎么可能暴露这么清晰易懂的信息。他在心里暗自嘲笑自己，别开玩笑了，但是——他确实在芙由子眼眸深处看到了些许浑浊的感觉。

"所以，警察先生，对这个问题，我的答案是——"

芙由子看看六浦，又看看健比古，最后盯着手中紧握的手帕说：

"我自己也不知道。"

实时检索：关键词"逃犯/家属"

12月17日13时13分　过去6小时 6668条推文

上上下下
@up_down_up

不知道逃犯的老婆现在会是什么心情。老公出轨，在交友App上嫖娼，杀人，还逃跑了，个人信息也都被公开在网上。一般来说全家都要自杀吧，这怎么活得下去。

七七酱
@chason_7k7

本来有点同情逃犯的家人，但是后来想到杀了人还逃跑的男人不可能是什么好人，和那种男人结婚的也不会是什么好女人，如果有孩子，孩子也一定不是好人，这就想通了。谁叫她选了那种男人。

多普勒|常识工匠
@Doppler_0079

就是这么回事，"人渣"吸引"人渣"的神奇机制已经建立起来了。世界七大奇迹之一。

> 本来有点同情逃犯的家人,但是后来想到……

花丸荞麦面@百折不挠
@sokisoba_tabetai11

以为是嫁给"高富帅",过上一帆风顺的人生,结果一夜之间家分崩离析,人身无分文、流落街头,那幅景象也不是不能想象。以上是来自和"穷挫丑"结婚现场的报道。

山县泰介

说起来，从昨天到现在，吃的只有面。但他也没法抱怨。

泰介每吃三口就向青江表达感谢，每吃五口就为自己的前半生悔恨落泪。我多么自私，又是多么愚蠢。我罪孽深重，活该被追捕，也配不上被用饭食招待。

回想起来，他感觉自己对青江也提了很多无理要求。青江应该已经尽了最大的努力，但我还是要他这样、要他那样，完全不考虑西肯的情况。

"没事，嗯，都是工作，也没办法。"

青江的语气一如既往，刻板而平淡，但对现在的泰介来说却如同神谕，怎样感谢都不够。如此胸怀宽广的人，自己居然还会说人家的坏话？甚至有那么一刹那，自己还曾经怀疑过他是凶手。这些道歉的话泰介最终也无法说出口，只剩大滴大滴的泪珠从脸上滚落。

"这种时候问可能不太好,之前用我们的logo做的宣传册,已经发到大帝公司了吧?能麻烦您处理掉吗?"

那是什么?泰介想了一会儿,才意识到他说的是集装箱住宅的宣传册。他用宕机的大脑搜寻记忆,终于想起来那些宣传册不仅已经收到而且都处理完了。

"那个没问题。我已经和清洁工说了那些有印刷错误,所以要连整个箱子都……"

说到这儿,泰介的心情再次变得沉重。他在说"处理"的时候,到底是什么语气?很傲慢?是一种"既然付了钱给你就给我好好干活儿"的蛮横态度?如果他还能再次回到大帝住宅、恢复原先职务——虽然感觉就像天方夜谭——一定要好好向她们道歉。

"——处理掉。"

"是吗?那就好。我想您还会收到另一份不完整的修改版,也请一并处理掉,因为您昨天指出的日语错误还没改。"

"……对不起。"

"不不,工作上的事情,没办法。我也是由此发现了山县先生的无辜,从结果上说,还挺好的。"

青江安慰的话语就像缠在伤口上的绷带,温柔地抚慰了泰介的心。吃完面,他胡乱擦了擦沾在嘴边的番茄酱,自然而然地做出下跪的姿势。青江急忙请他抬头归座,语气依然很平板。

"山县先生,接下来您打算怎么办?"

"接下来……"

"先和家人联系一下吧,虽然这很容易暴露落脚点。"

家人。

青江的话让泰介久违地想到自己的家人。当然,他并没有完全忘记她们,在逃亡途中,家人的身影一直都藏在他脑海的一角。一定要平安回去。为什么?当然是为了深爱的家人。但不得不承认,泰介心中的家人概念,只是自己构建出的符号化形象而已。妻子和女儿都在担心他,发自内心地相信他是无辜的,在泰介心中,这就像是太阳从东方升起一样,是无可动摇的事实。

但真是如此吗?

现在他对山县泰介这个存在都产生了怀疑,自然会对一切都抱有疑问。他心中一直下意识地认为妻子很幸福。也许有人会大言不惭地说什么钱和婚姻并不是人生的一切,但谁都明白钱和婚姻有非同寻常的价值。妻子芙由子原本是大帝住宅的员工,但只是普通的事务员,与专业岗位上的男性员工之间存在相当大的工资差异,称之为歧视也无妨。有段时间不是流行过"高富帅"这个词吗,泰介相信自己差不多可以被归为这一类。有泰介这样的丈夫实在令人羡慕,能和他结婚的妻子自然很幸福。

虽然这些话从没说出口,泰介也几乎没意识到自己有这样的想法,但只要冷静地整理思路,就会在根处撞上这样的狂妄。

夏实出生后没几年，芙由子就开始不时掉眼泪。泰介下班回家，总能看见芙由子像是坐在聚光灯下似的，在只开了一盏灯的客厅里静静地哭泣。有时候夏实会担心那样的妈妈，但有时候她会浑然不觉，埋头一个人玩。那种时候芙由子基本上都没有准备晚饭。随着职位提升，泰介身上的责任也飞速增加，回到家里，他也懒得面对新的问题。每逢那样的日子，他就会提议出去吃饭。他不知道妻子白天遇到了什么，反正只要吃点好吃的、买点想要的，烦恼和不满就会烟消云散。

家庭餐馆不够档次，泰介总是会带她们去五星级酒店或者高档商场的豪华餐厅，让她随意点餐。如果商场还没关门，他会提议去看看有什么喜欢的东西想买。当然，不能只给妻子送礼物，他也会给夏实买她想要的东西，会给她买些点心、玩具。芙由子似乎很喜欢布料，她对衣服和帽子不感兴趣，而是喜欢用布做的东西，丝巾、披肩、围巾、手帕，每次买给她的时候，她会像个天真的孩子一样开心——但到了第二天又会恢复原状，就像什么都没发生似的。对泰介而言，那并不是什么富有纪念意义的活动，更像是每隔几个月就要做一次的定期维护。

可实际上呢？回想起来，他从未想过妻子为什么会哭，也从没正视过她嫁给自己是否幸福的问题。仔细想想，妻子还曾经抱怨过好几次，说为什么自己过得这么辛苦。但实在令人羞愧的是，泰介现在怎么也想不起来她说的"辛苦"是什么。她真的会相信自己是无辜的吗？真的会担心自己，真的需要自己吗？

泰介无法确定。

"……我不能联系家人。"

青江大概将他的话微妙地理解成另一种含义了。

"目前这可能是个明智的判断，就是会有点痛苦。"

泰介告诉青江他有一阵子没接触任何媒体了，随后向他询问现在社会上对于自己是凶手的说法有多少人认同。

青江想了想，先说了一声"是啊"，然后告诉泰介自己虽然没办法完全总结网上的意见，但差不多百分之百的人都坚信他就是凶手。只有极少数人在坚持提醒大家不要把泰介称为"凶手"，但他们的出发点要么是批判私刑，要么是号召尊重无罪推定原则，不然就是通过发表与众人相反的主张彰显自己的标新立异。可以说，没有任何人从理性角度相信泰介无罪。青江一直在上班，没有看电视、听广播，他只看到基于正规媒体的新闻网站没有用断定的语气报道泰介是凶手，但这些媒体也会毫无顾虑地使用其他说法，例如正在搜索可能与事件有关的户主、正在搜索当日出现在公园附近的男性，等等，可以推测他们基本也确信泰介就是凶手。从某种意义上说，那些报道在以巧妙的方式坚守底线——九成九相信泰介是凶手，但因为万分之一、万万分之一的可能性，保险起见还是没有在报道中提及真名。

"山县先生，您没想过向警方求助吗？"青江回过头看了看，确认窗外没人,"我估计数量不会很多,但好像确实有些普通人比较过激,试图自己追踪山县先生。刚才有一对男女站在这个集装箱住宅前面,您注意到了吗?"

"……带着菜刀的那个?"

"带着菜刀?"

"我听到他们自己说的。"

青江瞪大了眼睛,显得也有些震惊。

"估计他们就是那一类人,不知道是怎么想到把这里的样板房当作目标的……不管怎么说,如果山县先生愿意的话,在这里躲一阵子应该没问题,但考虑到像他们那样的极端分子,这里可能也不见得安全。既然这样——'自首'这个词不大合适,不过主动接触警方,也不失为一种选择吧。"

"……警方会相信我是无辜的吗?"

泰介只是单纯地询问意见,青江却像是以为他在寻求某种正确的判断,沉默了半晌,然后才带着深深的犹豫开口:

"说实话,我不知道。我倾向于认为警方不会仅仅因为可疑就把山县先生视为杀人犯,但我也记得曾经在一些冤案纪录片里看到过他们强行逼供。详细情况当然不得而知,不过我相信警方至少在某种程度上控制着媒体的报道,哪些内容允许报道,哪些内容不允许报道……如果是这样,那就说明警方允许媒体在报道中暗示山县先生是凶手,虽然很间接……"

"……对警方来说,我也是最可疑的嫌疑人。"

"如果有需要,我可以为山县先生做证。但我能提供的证词只有'山县先生对日语的使用很严格'——这种证词能起什么作用啊……"

青江的声音越来越低,还没有给出明确的回答就停住了。

但是,一直逃避警察、逃避过激的民众,甚至逃出日本,也并不值得推荐。青江像是重新打开了电源似的,再次滔滔不绝地说了下去。要么一辈子隐姓埋名,要么在某些人的帮助下逃到国外,要么躲在某处等待真凶落网,这些选项都不是"严酷"一词能形容的,所以把自己交给警察,也不是愚蠢的选择吧。

青江的话也有道理。不过泰介还不愿意接触警察,因为他心中还有芥蒂,连他自己都快忘了。那就是警察在他家门前驱赶围观人群时,对他的态度很傲慢,而且他很介意警方直接给他的手机打了电话。但真正影响他决定的因素,并不是这些。

"……我收到过一封信。"

"信?"

泰介打开随身的挎包,拿出摔坏的望远镜,从下面取出那封信。他把装着餐具的托盘推到一旁,把信纸上被汗水弄皱的部分仔细摊开。

"这是?"

"寄到公司的。"

青江向前屈身,开始读信。

山县泰介先生：

　　事态比你想象的更紧迫。

　　不可相信任何人,谁都不是你的战友。

　　如果说还想有获救的可能,你只有一条路可走。

　　逃,拼命逃。仅此而已。

　　我希望你能逃脱。

　　如果坚持不住,"36.361947,140.465187"。

Sezaki Haruya

"这个叫Sezaki的写信人到底是谁,说实话我一点头绪都没有。但这封信写得就好像是能预见我会落到如此地步,我感觉很奇怪,所以一直随身带着。'不可相信任何人',是不是说警察也不可相信? 也可能是我想得太过了。还有这串数字,完全不知道是什么意思……"

"会不会是坐标?"

"坐标?"

"可能是经纬度? 不过光看数字也不知道是在哪里,输入Google(搜索引擎网站)里应该会有结果吧。"

说着，青江掏出手机，把纸上的数字一个个输进去。果然和青江的推测一样，输完最后一个数字后，画面上显示出地图。

如果显示的地点是埃菲尔铁塔，或者是撒哈拉沙漠，那可以把它视为毫无意义的信息了，但这串数字在大善市内的某处标上了红点，那当然不能无视。这是哪里？青江把地图放大，红点标记的是一处看起来什么都没有的小山丘。距离泰介家也不远。坚持不住就去这里？可这是哪里？

"您打算去吗？"

"哎，这个……"

如果寄信人是熟悉的朋友，那泰介当然马上就会过去。但他能相信寄信人吗？

青江擦了擦额头的汗水。为了不让被子下近乎全裸的泰介挨冻，空调温度开得很高。

"对了，把我们的工作服借给你。"

青江的无微不至让泰介很是感激。他本想推辞，但可悲的现实是，没有衣服穿就没办法正常行动。泰介再次向青江拜谢，等青江走出集装箱住宅后，他才在重新剩下一个人的房间里再次研究起那封信。

如果问自己现在处境是否艰难，答案显而易见。现在正是泰介人生中最艰难的时刻，他的身心都已经到了极限。如果有人提供帮助，那就像是救命稻草一般，他肯定会扑过去死死抓住。但是走到目前的地步，能否把所有信任都赌在这张纸上？寄信的Sezaki Haruya到底是谁？

正想着的时候，青江抱着带塑料包装的工作服和安全鞋回来了。泰介低下头正要再次道谢，却发现青江的表情有些紧张。

"警察在事务所。"

仿佛内脏突然遭受一记重击一般，震惊化作一股呕吐感。

青江飞快地拆开塑料包装，把工作服递给泰介，泰介慌忙穿上。然后青江又给了他一把印有丰田标志的钥匙。

"我再借你一辆公司的车。不过我再确认一下，您确实不想去见警察吧？"

"……嗯。"

"好吧。那是一辆银色的Probox（丰田推出的一款轻型货车），汽油应该是加满的，不过现在停在正门口，我建议您光明正大地坐进去，就当是在工作。万一警方看到您了，我会告诉他们说'我不知道他来过，竟然还偷了公司的车'，这点请您理解。"

没有任何问题，泰介本来也没资格抱怨，甚至觉得青江对罪大恶极的自己太亲切了，反而很不适应，忍不住问青江为何如此厚待他。

"唔，我想想……该怎么说呢，"青江眯起眼睛，"看到有人明明不是坏人，却遭遇不公正的对待，心里总是很不舒服。我大概也有'正义之心'吧。另外,我也不喜欢那些大言不惭的家伙,明明根本不知道真相。"

泰介穿上安全鞋,和青江一起走出集装箱住宅。每踏出一步,脚底都疼得让他几乎要叫起来,但他既不能龇牙咧嘴,也不能用保护脚掌的奇怪姿势走路。他只能尽力装作西肯的员工,用一种处理日常工作的态度走向停车场里的汽车。

"最前面的车。"

泰介轻轻点点头,和消失在事务所方向的青江道别。积蓄的疲惫让泰介看起来很平静,几次死里逃生的经历也让他学会了正大光明地行走,一切都比昨天强得多。事务所那边不知道是什么情况。来了几个警察?除了青江,还有其他员工认识自己吗?泰介担心的事情数不胜数,但还是目不转睛地盯着汽车,按下口袋里的钥匙。随着灯光的亮起,他坐进车里,镇定地启动发动机。

还没确定目的地。是一路北上还是南下,开到哪儿算哪儿?泰介想了想,漫无目的的逃避不会带来光明未来。

那么,去那个坐标的位置看看?

心里当然有一抹不安。也许那是陷阱,但他也不可能永远逃亡。哪怕只有万分之一的机会能让事态发生戏剧性的好转,那也是一个选择。泰介与其说是心怀一丝希望,不如说是带着自暴自弃的情绪放下了手刹。

他打起左转方向灯,驶入昨天来时的路。

住吉初羽马

"你是这起事件的'万恶之源'。"

初羽马对小樱骤变的态度感到很吃惊,但对她的话本身并没有什么触动。如果多少有些关联倒也罢了,但这次的案件和自己根本毫无关系。为了引起自己的注意,她简直是口不择言。

厌恶变成怜悯,初羽马看不出和她继续打交道有什么价值。他决定放弃,正准备回到车上,一辆车从眼前驶过,那是带有西肯logo的公司用车。因为刚刚和西肯的员工吵过架,初羽马不禁退了一步,但他却发现驾驶座上的男子有点眼熟。

那是——

"……他果然在这里。"

小樱的声音在背后响起。开车的不是别人。

正是山县泰介。

竟然真的在这里。在吃惊的同时,初羽马对小樱也更加畏惧。能明确地找到这里,看来她背后真的有一个掌握准确信息的组织。

小樱跑去追山县泰介,可她当然追不上开出去的汽车。她指着汽车消失的方向,催促初羽马赶紧去追,但初羽马已经铁了心,坚决不想和案件再有任何关系。不管了,一切都是她自作自受。初羽马准备无视她而后离开,小樱却怒气冲冲地朝他走来。

初羽马不想对女人动手,但如果对方动手,他也不得不反抗。就在他考虑怎样不至于弄伤小樱时,自己却被按倒在混凝土地面上。震惊和羞耻让初羽马的脸涨得通红,小樱的泪水却滴在他的脸上。

"都是你,都是你干的好事!"

初羽马被按在地上,不敢强力反驳,但还是克制地回答说:"请不要乱说,请放手,我没做错什么,胡思乱想并不明智,只会让事情变得复杂。"他尽量用缓慢的速度说话,试图用逻辑和冷静挽回此刻身体上的劣势,但小樱根本不听。

"这是什么,你知道吗?"

小樱拿出手机,举到初羽马眼前。他本想不看,但手机就在眼前,不看也不行。屏幕上显示的是折线图。这是什么东西?初羽马正想问这到底是什么意思,突然意识到一个可能。

不可能。他试图挥去念头,却下意识地屏住了呼吸。

"这是Twitter上'血海地狱'关键词的推文数量变化趋势图。那个账号的第一条推文是在15日晚上10点8分发的,那个时间点的推文数量是这个,在这里。"

在她指的位置上,折线紧贴着X轴,还不能称之为图表。

"本来毫无变化的图表,突然在这里出现了爆发式增长。这里,你好好看看,就是这里!"

小樱说得没错。图表数据从某一点开始突然飙升,就像拔地而起的高塔。距离最初的推文发布时间过去了11个小时,时间是16日上午9点。那是什么时间点?为什么会变成那样?初羽马还没想到要如何装傻,就已经不自觉地先找起了借口。

"不,那只是巧合,那个时间——"

"那是'住初',也就是你,转发那条推文的时间。"

初羽马对着屏幕拼命摇头。

"不是。"

说完这一句,他又慌慌张张地开始构建理论。初羽马的粉丝数是1000多。对一般人来说,当然很多,但也远远没到网红、"大V"的程度。初羽马主办的活动会邀请名人,常常需要和他们联系,所以粉丝中有几位名人。初羽马也对此很自豪,但这一事实眼下却让他胆寒。回想起来,昨天早上转发自己推文的人中,好像也有一位名人。不,肯定是错觉。慌乱中,初羽马找到了一条出路。

"那也不是我的问题,那时候我朋友已经先转发过了——"

"我知道。我看了整个经过,你朋友转发的推文,实际上比你的转发早了4个小时。在你转发之前,那个推文已经发了4个小时。4个小时,一直只有26条转发。如果那个情况维持下去,消息就不会扩散开,也不会有什么热度。但是你——不是别人,正是你,轻率地散布了谣言……"

"不,那个……我只是看到有人行凶作恶,所以才路见不平……"

"无论动机如何,无辜的山县泰介被逼上绝路,都是你造成的。"

"不,山县泰介不见得无辜吧……"

"就是无辜的!我不是一直都在说吗?就因为你,无辜的人不得不连夜逃亡,生活更是被搅得一团糟。"

"可是……那种精心设计的假消息,换了谁都会上当。我……"

"我什么?你说啊。"

"我、我没有错。"

小樱收起手机,双手握紧,轻轻放在初羽马的胸口上。不是推,也不是砸,只是把双手放在上面。但初羽马能清楚地感觉到她的双手有多用力,拳头握得有多紧。

"全都是这样,全都是。"

"……全都是?"

"你的社团举办的活动,'网络交友研讨会'。我参加的时候很震惊。本来接到的邀请是让我从受害者的角度谈谈网络交友,结果去了之后发现没人关心我的看法,大家只是一个劲地、没完没了地互舔伤口。你们不是在讨论网络交友,也不是在讨论社会朝哪个方向发展会有更好的未来,你们只是花各种时间给自己找借口,证明不是你们的错。我当时提醒自己不要太早下结论,可能只是这次讨论碰巧是这样而已。后来,我又去看了你们发到YouTube上的其他讨论记录。真是大开眼界,所有讨论的前提都是'为什么我们没有错'。"

小樱高高举起紧握的拳头,落下来时却放慢了速度,轻轻敲在初羽马的胸口。

"上一代确实留下了很多负面遗产,很多时候大家也确实会面临毫无道理又无能为力的情况,社会上有很多陈腐价值观压制了新的可能性的场景。可是,有资格抱怨的只有全心全力、竭尽所能的人。你呢?你做了什么?你实现了什么?搞个活动,对不在场的人极尽讥讽,最后鼓掌闭幕。就是这点东西。你的行为不是前进,也不是后退,只是停滞的借口。这次也是一样吧?也想继续这么干吧?这次的案件,谁都知道最大的坏人是凶手。第二坏的人——虽然很丢脸,也很不甘心、很不想承认,但第二坏的绝对是我。可是第三位、第四位、第五位呢?当然是你啊，住吉初羽马先生。"

在初羽马开口前，小樱放开了他。

动静闹得太大了，西肯的员工都走出来看发生了什么。小樱发现那人正是刚才赶他们出去的男性员工，她擦了擦泪水跑过去，小声而急迫地和他说起话来。两个人就这样消失在事务所的方向，把初羽马一个人留在后面。

他慢慢起身，整理凌乱的衣服，用手拂去身上沾的尘土。当他意识到下一步的动作是要整理发型时，忽然感觉到一股无法言喻的羞愧。他吸了吸鼻涕，告诉自己是因为天气太冷，然后低头站在原地，一动不动。

几分钟后，小樱回来了。她看到初羽马还在原地，露出几分安心的神色，开口说道："……我知道凶手是谁了，我也终于想起'往前入勿动'是什么意思了。"

她手里握着一张纸。

"对不起，我刚才说的话有点难听。但我不想收回。"

初羽马无法直视小樱，他再次低下头。小樱干净利落地向他鞠了一躬。

"我需要你的帮助。"

寒风肆虐。

"照这样下去，山县泰介会被小孩子杀死的。"

山县夏实

离开家10分钟多一点。

夏实知道江波碳满肚子疑问,但她选择无视,继续埋头朝目的地走。向东穿过万叶町,没过多久,两个人来到一座小山丘脚下。

这里的正式名称叫作"顺叶绿地"。不过附近的人只管它叫"小丘",是一座毫无特色的荒山。

从山脚沿着狭窄的小路爬了10多分钟。冬天的草木没有那么繁茂,但这条缺少保养的山路依然很难行走。这条路对吗?每当心生不安的时候,夏实就会寻找脚下杂草稀疏的地方继续向山顶爬。

不久,他们踩着已经习惯了山路的脚步,翻过锈迹斑斑的围栏,闯到"禁止入内"的区域里。眼前是三间被高大树木遮盖的房子。那是寂寥的古老日式房屋,单从外观看去,就知道已经废弃了多年。三间房子的房顶都铺设着古老的瓦片。

"这里是……"

江波碳小心翼翼地问。夏实回答说:"瓦片屋顶有三个,正中那个就是'往前入勿动'。"

"……什么意思?"

"那边有块招牌,你没看到?"

江波碳点点头。夏实本想返回去解释,又觉得不是什么大事,没必要折返,于是径直走向玄关,一边走,一边尽自己所知,把这家的情况告诉江波碳。

这里原本好像是个私人经营的牧场。夏实和父母都不知道详情,但有个两年前转学的朋友,她的奶奶知道情况。据说这里住了一家怪人,他们想过自给自足的生活,放养了几头动物,自称是小规模的牧场或者小动物园什么的。花几百日元就可以和动物亲密接触——大概他们是想靠这个挣钱,但毕竟这里位置太偏,加上一家人又不够亲切,结果生意完全没做起来,很快就破产了。夏实不是很理解"逃跑"那个词的含义,总之,据说一家人趁夜"逃跑"了。

结果三间房子就这样废弃了。

去看看吧。在朋友的怂恿下,夏实第一次来到这里。房子用低矮的栅栏围了一圈,但只要愿意,小学生也能轻松翻过去,而且房门也没上锁。一开始她也是带着探险的想法,进来过好几次，都是和朋友野餐、聊天，很像小孩子的用法，不过后来发现留在这里的东西下次再来的时候也没人动过，于是慢慢开始把这里当成自己的秘密基地。朋友转学后，夏实很少再来，但这里的确就是那个被叫作"往前入勿动"的地方。

江波碳还是一头雾水的样子，夏实也不在意，拉开木制的拉门。房间里还是保持着夏实最后一次造访时的样子。

本来应该脱鞋进去，但到处都是尘土，夏实穿着鞋子直接走上了陈旧的榻榻米。江波碳也学着她跟在后面。客厅里面对面地摆着两张双人沙发，都很脏，不过成色还算新，坐上去感觉也还行。夏实拍了拍上面的尘土，在其中一张沙发上坐下来。江波碳胆战心惊地坐到对面的沙发上。

该从哪里开始解释呢？正想到这里，夏实感觉坐的沙发有点奇怪。那是什么？她把手伸向有异物感的地方，发现那里夹了什么东西。

"……啊，原来在这里。"

江波碳问是什么，夏实把那东西从沙发夹缝里抽出来拿给他看。

"我爸爸的随身听。"

夏实重新坐回沙发，摆弄着随身听，安心地舒了一口气。

"太好了，找到了……应该是我忘在这里了。"

"……特意跑到这里来听音乐？"

"不是哦。"

夏实无力地笑了。

"我冒充我爸爸上Twitter。"

江波碳似乎没能马上理解她的意思，他沉默了几秒，视线在房间里徘徊了半晌，像是在寻找答案似的，最后终于放弃般地问：

"你是说……你冒充你爸爸发推文？"

"对。不过这个不能联网，所以我用它写好，等回到家再发。"

"……为什么这么做？"

夏实没有回答，重重叹了一口气，然后低头向江波碳道歉。

"对不起，江波户同学。我一直瞒着你。"

夏实沉默了几秒，像是要打消自己的犹豫，然后又说了一些无关紧要的话，比如江波碳旁边的柜子里应该还有以前带来的点心，可以拿出来吃，等等，但在江波碳的灼热视线下，她终于还是坦白了真相。

"那张字条是我写的。"

江波碳目瞪口呆，他默默从口袋里拿出字条，用颤抖的眼神看向夏实。

"你爷爷看到的那个人，也是我，我在那个公园旁边等人。但我没有手机，只能用随身听联系，必须连接无线网……所以我找了个不需要密码的Wi-Fi，结果站的位置就比较奇怪。后来我被你爷爷吓到，慌慌张张跑上了公交车，其实本来没必要坐的……那张'往前入勿动'的字条是本来打算给我在等的人的，是一个小小的猜地点游戏，然后来到这里聊天。瓦片屋顶有三个，中间还有个'往前入勿动'的标志，它在哪儿呢？——所以对不起，你再怎么调查，也是找不到罪犯的。"

江波碳犹豫着点点头，像是在消化夏实说的话，随后他的目光落在厨房里的巨大液化气罐上。其中一罐倒在地上，已经坏了，另一罐上有污渍，不过没有明显的伤痕，它的顶部接了一根橡胶软管，软管另一头放在满是泥污的水槽里。水槽旁边还放着一个崭新的打火机。

"……那个，太危险了吧？"

夏实明白江波碳的意思。她露出苦闷的表情，低下头。

"是很危险，但我被逼到这一步了。我想，如果点上火，能不能把一切都炸飞。我真的就差一点火，但到最后停了下来。"

"……被逼到这一步？"

"刚才去我家的时候不是和你说过，我和网上的陌生人见面，我爸爸很生气吗？"

"……嗯。"

"我也说了他是非常非常生气，对吧？"

看到江波碳点头，夏实决定把当时的详细情况说出来。

那时候的父亲,是夏实有生以来见过的最可怕的物种。他没有大吼大叫,也没有动手。父亲听警察说完情况,脸上没有任何表情,只说了两句话:"无法想象,难以置信。"如果他把自己大骂一顿反而能理解,夏实也希望父亲能告诉她以后该怎么做。

父亲脸色铁青,缓缓摇着头,然后慢慢从椅子上站起身。他似乎认定夏实的过错已经严重到必须通过严厉的惩罚才能教育,而不能仅仅停留在口头上。他一言不发地把夏实带到院子里,然后把她推进仓库。母亲试着拦他,但最后还是没拦住。门一关上,没有灯光的仓库里一片漆黑。厚重的仓库门即使不上锁,夏实一个人也打不开,但父亲为了严厉地惩罚夏实,还是加上了挂锁。

直到第二天,门才打开。

起初,夏实蹲坐在坚硬的混凝土地面上,深刻反省她的错误。但过了1个小时,反省的心思都耗尽后,她开始对强迫自己受苦的父亲产生越来越多的不信任。我应该怎么做?我做错了什么?为什么这样对我?我有那么坏吗?我可能多少是有点错,但是——

"这……太过分了呀。"

看到江波碳惊讶地眨着眼睛,夏实的心仿佛被柔软的毛毯包裹起来似的,悄然获得了救赎。果然她没错吧。这件事一直没办法向任何人倾诉，只能一个人面对，现在终于获得了第三者的评价。与此同时，对于自己将要做的和已经做过的事，她也感觉像是获得了认可，眼中渐渐泛起泪光。

"所以，我想给我爸爸看看，我没有错，错的不是我。'我要贯彻我的信念。'"

"……《翡翠雷霆》。"

江波碳刚一开口，夏实就点点头说："没错。"然后从口袋里掏出别针徽章。那个神秘男子送的徽章散发着微弱而又强有力的光芒，仿佛在肯定夏实的正确性。仔细想想，他真是送了自己一个好东西。我有资格获得它——沉浸在这样的感慨中，夏实忽然意识到她忘了那个最重要的主人公的名字。《翡翠雷霆》的主人公，叫什么来着？她开口一问，江波碳告诉了她。

"濑崎晴也（Sezaki Haruya）。"

堀健比古

"我可以问一个问题吗？"

被问来问去都只会说"不知道"的芙由子，忽然说出这样一句话，健比古不由得坐直了身子说："您请问。"但她却像是一下子找不到合适的语言似的，先是凝视虚空半晌，最后把紧握的手帕轻轻放到桌上。

"各位警官都认为我丈夫是凶手——我这样理解没错吧？"

健比古无法说"没错"。该怎么回答？怎样的用词才不至于显得太刺耳？他试图在短时间里组织起语言，但芙由子似乎将这短暂的沉默视为默认。看到她微微点头，六浦似乎认为搪塞不是上策，简单地说明了目前掌握的情况。

受害人和泰介通过交友App联系，注册App时用了社保卡做身份证明。受害者有两名，都属于某个利用特定方法勒索男性财物的恶性团体，即使在卖春组织中性质也尤为恶劣。泰介可能是对她们的违法行为感到愤怒,因而行凶。

健比古担心六浦说的内容会比媒体公布的消息更多,不过他的说明都在允许范围内。事到如今,他们也无法断言泰介的妻子芙由子是不是可以信任的情报提供者。

芙由子听完六浦的说明,开始慢慢地、慢慢地向安静的客厅抛下一个个词句,就像是把不稳定的积木慢慢搭起来似的。

"我也慢慢冷静下来了。"

她把右手放到手帕上。

"刚才我说,有时候我会感觉到没来由的痛苦。为什么只有我这么辛苦?为什么只有我过得痛苦?为什么我周围的人对此都这么不理解?对于你们每天上班的男性来说,这种感觉可能产生不了共鸣。只有在家里一直做家务的人,才会明白吧,慢慢地就找不到自己的位置了。没有升职,没有加薪,也没有对工作的反馈,只是在笼子般的家里,每天做着重复的事情。如果能有一句'真好吃''很感谢',也许还能抚慰心灵,但在我家,这些很少很少,所以渐渐地……嗯,怎么说呢,就像是这个世界把我剥离了,我成了彻底的外人。我丈夫的社交关系每年都会扩大,收入也会增加,社会地位不断上升。而我呢?我甚至不知道和其他家庭主妇相比,自己做得是好是坏。当然,我也有几个结了婚的朋友,但是严格来说,我不知道她们的情况。我一直被丢在这里,就像个孤零零的、一成不变的物件。

白天，把丈夫送去公司、把女儿送去学校后，看到空荡荡的家，我会没来由地落泪。"

芙由子用深呼吸让自己平静。

"那该怎么办？怎么适应这种孤独？有人会去找人抱怨，也有人会积极活动，让人理解主妇有多辛苦。而我呢，因为忍受不了，所以哪怕丈夫一个人的收入足够支持我们的生活，也要去打零工，只为和社会保持联系。有人需要我，社会上总有一把属于我的椅子，能够真切体会到这种需要，我的辛苦多少也会缓和一些，但还是难免会有忍不住泪流满面的时刻。丈夫每次看到我那个样子，就会不耐烦地带我出去吃饭。而且他从不问我的意愿和喜好，只是把我带去价格很贵的餐厅，告诉我想吃什么都行。为什么人能迟钝到这个地步？怎么一点都不能察觉我的心情呢？抱着这样的情绪，吃什么当然都不会觉得美味。吃完晚饭，丈夫必定还会带我去买东西，让我喜欢什么买什么。他真的以为我会像十几岁的少女一样两眼放光，开心地叫喊'太好了太好了'吗？想到这里，我对他的迟钝又生出一层无法形容的不快。当然，挣钱的是我丈夫，但家庭开支是我在管。如果非要买十万日元的东西，不是不能买，但也会对家庭开支造成负担。但是如果拒绝呢？——说来丢人，让我拒绝，我也舍不得。所以我总是用点小聪明，只花五千日元上下，那是我丈夫能拿出来的钱。大衣买不了，五千日元的衣服、鞋子又太掉价，能买的只有这些东西。"

芙由子拿起手帕。

"这些东西一个个多起来，简直象征了我丈夫的愚钝和粗率，同时也象征了我的孤独和正当，这让我还挺开心的。

"我喜欢看他在家里手忙脚乱地找东西，这个找不到，那个找不到——连那个东西都不知道在哪儿吗？每次碰上这种情况，我就会感觉，哎呀，这个人真的不行，要是没有我，他连日常生活都成问题，所以他在公司取得的名声和收入，有百分之四十，不对，百分之六十，是因为有我的支持。我就靠这样的想法安慰自己。我是个可怜的女主人，有个没用的丈夫，为了不让他发现自己的没用，只能一力承担所有的苦痛。我之所以感到悲伤，都是因为愚钝的丈夫。所以说实话，这次的事件让我很震惊、很绝望，也很心烦意乱，但在内心的一个角落，脑海中有那么一小块地方，就像方糖那么大的地方，居然感觉有点开心。在仔细思考案件的细节之前，我就在想，哎呀，我又遇到麻烦了，丈夫又给我找麻烦了。我明明没错，但总是我来承受痛苦的考验。真可怜，太可怜了……我希望他能察觉，但心里某处又不希望他察觉。如果他真的能敏锐地察觉到我内心的微妙情绪，一切都按照我的意愿去做，那我也就没有任何借口了。

"对不起，这么久一直在说我自己，真的很奇怪吧。但现在我终于冷静下来了,终于明白了很多事情。我终于发现,什么都看不见的人,其实是我。我丈夫确实很迟钝,但他只是迟钝,他还是想安慰我、激励我的。因为他不知道该怎么做,所以只能带我去吃好吃的,让我去买喜欢的。他从来没说过家庭主妇很轻松,也从来没说过钱都是靠他挣的。他其实很尊重我。错的是我,我没有告诉他自己为什么失落,为什么掉眼泪。"

芙由子用手帕擦了擦湿润的眼睛,深深叹了一口气,像是要把肺里蓄积的空气全部吐出来似的。她的表情略微放松了一些。

"以前在那种高档餐厅吃饭的时候,有一次我实在太难受,没有搭理过来点餐的服务员。虽然知道这样不好,但店员问我想吃什么的时候,我无视了他。那一次,丈夫对我发了火。'不管心情多不好,也要尊重所有人。没想好点什么,就直说自己没想好。不管对方是谁,也没有无视的道理。'当时我很生气,但现在回想起来,他说得完全正确。他确实是个强硬的人,但会尊重所有人。对别人严格,是因为他对自己也很严格。我终于想起来了。"

芙由子直视健比古的眼睛,然后转而直视六浦的眼睛,随即再次直视健比古。

"我丈夫不是凶手。不管什么理由,不管对方做了什么伤天害理的事,他也绝不会杀人。"

芙由子斩钉截铁地说完，露出焕然一新的表情，仿佛附体的邪祟终于被驱散了似的。

疑犯的家人说他不可能做那种事——这样的话，健比古听过不知多少次。每次听到这种说法，健比古都想反问：你们见过真正的杀人犯吗？你们以为犯下杀人罪行的人都是喘着粗气、双眼血红、语无伦次的疯子吗？实际上，杀人犯并没有什么特别的，真的，他们往往只是很普通的人。就算芙由子的证词是发自内心的真心话，那终究也只是个人的印象而已。

"我丈夫是被陷害的——只有这种可能。女儿虽然和他疏远已久，但她的想法肯定也和我一样。"

芙由子选择相信家人的心理固然美好，但支持者从一个变成两个，也不可能改变现实。就算女儿跑出来说"爸爸没做坏事"，健比古也不会改变自己对现状的判断。不过刚才芙由子的话却让他有些疑惑。

"女儿和您丈夫很疏远吗？"

"哎……嗯，算是吧。"

芙由子皱了皱眉，似乎后悔说错了话，不过她还是毫无隐瞒地说出了实情。女儿夏实曾经在网络论坛上和成年男性约好见面，结果对方是恋童癖的罪犯。事情发生后，泰介非常生气，把夏实关进院子的仓库里整整一个晚上，还去学校投诉。从那以后，夏实就不知道该怎么和父亲相处了，两人之间出现了鸿沟。

完全出乎意料的新情况。六浦的笔在记事本上飞舞。

"能和您女儿聊聊吗？"

芙由子正要起身，餐桌旁的母亲拦住她，自己站起来，去往走廊。大概是去喊夏实了。几个人安安静静地等着，正感觉等得有点太久了的时候，芙由子的母亲一个人回来了，她一脸茫然，微微摇头。

"小夏说过要出门吗？"

"哎？"

芙由子反问："她没在里面的房间睡觉吗？"

"小夏不在家里。"

健比古和六浦站起身，取得同意后在家里找了一圈。正如芙由子的母亲说的那样，哪儿都没找到夏实。通向屋外的窗户没有锁上。夏实没和任何人说，悄悄离开了家。她去哪儿了？昨天应该在家，今天早上也在。趁家人乱作一团的时候跑出去了？健比古和六浦的预感开始逐渐成形。

凶手只能是山县泰介，因为一切伪装的前提都是要能进入房子。然而过去这个家里并没有发生过入室盗窃。万一凶手不是泰介，嫌疑人便只有能够自由出入房子的家人。

家人。

健比古让六浦立刻联系搜查本部，调查山县夏实的行踪。

山县泰介

汽车就像回退似的，行驶在之前他靠双腿走来的路上。

从几乎没什么像样建筑的东内，驶向车流量逐渐增多的大善市中心地区。半路上，他和一辆警车交错驶过，车里的警察根本没往车里看一眼，大概是完全没想到泰介会开车吧。最紧张的时候是在大善站旁边的十字路口停下来时，周末的行人就在眼前从左向右走过。不过也许是因为泰介身穿工作服、驾驶着公用车，没人关注泰介，他得以随着绿灯顺利融入车流。

终于抵达了目的地。

他原本打算随身带着那封信，但摸遍口袋也没找到，好像是丢在了西肯的样板房里。不过坐标他记得很清楚，没什么问题。

他把车停在目的地的停车场。停车场很大，足以容纳20辆以上的汽车，但场地既没有铺装，也缺乏维护，和单纯的空地没有区别。

除了泰介的西肯公用车之外,一辆车也没有。

顺叶绿地——泰介又仔细看了看停车场的广告牌。他虽然是本地人,但几乎从没想过要来这里。这里真的有人管理吗?郁郁葱葱的植物不像被精心维护过,更像是恣意生长起来的。

这片庞大而密集的树木当中真会有入口吗?泰介走了一阵,终于在绿意稍稍露出缝隙的地方找到一处勉强算是道路的地方。从这里上去?坐标显示的位置不在顺叶绿地外围,而是山顶附近的中心区域。泰介踩着脚底的血泡,一步一步朝山上走去。

在草丛中穿行了10分钟左右,眼前出现一道几乎毫无意义的栅栏。泰介站住脚。

栅栏对面有三栋房子。每一栋都是瓦片屋顶,其中一栋前面竖着一块陈旧的告示牌,上面的文字斑驳不全,只有通过"脑补"才能理解含义。

此处往前为私人区域,禁止入内
※请勿给动物喂食

本来写的大概是这样的信息,不过现在能够准确辨认的文字,只剩下五个:

往前　　　，　入

※　勿　动

看来以前这里有人居住，而且还养过动物。

泰介慎重地靠近房子。这就是寄信人想告诉他的地方吗？他心怀疑问，但也无从求证。不知道是房子变形还是木头腐蚀的原因，拉门有点紧，不过稍用些力气也就轻松拉开了。门上没锁，考虑到可能会有人闯进来，泰介拿了一片掉落的小木条插在门上当作门闩。

房间里全是尘土。泰介小心地走进去，踩上破破烂烂的榻榻米。客厅里有两张沙发和桌子，都很破旧。这是给自己一个避难所？藏身地？"如果坚持不住就来这里"，意思是逃到这里就会安全？泰介心中生出模糊的安全感，支撑着他的紧张顿时消散。同时，一路强忍的疲惫也从骨髓中渗透出来。在这里休息一会儿吧。

柜子上甚至还准备了点心。泰介不是很喜欢甜食，但有吃的东西总要多吃一点。他撕开饼干包装的封口，刚把饼干塞进嘴里，强烈的酸味让他又吐了出来。变质了。他连吐了好几口唾沫，抬头的时候发现柜子上还有个电子设备。那是什么？他伸手拿下来一看，发现是个随身听，和自己当年用过的型号一样。

那个随身听没怎么用就闲置了，因此他对这个也没多少感慨，不过拿在手里的触感还是唤醒了某种回忆。这里怎么会有这种东西？想着想着，泰介忽然很在意自己那台随身听是何时、如何处理掉的。不记得扔了，也不记得送过人。想不起来了。泰介随手按下随身听的电源键，惊讶地发现屏幕居然亮了。

是充过电的。

感觉有点奇怪，但既然打开了电源，手指自然跟着动了起来。机器没锁。滑动屏幕，突然显示出一张照片。是图片App启动了。跳出来的图像极富冲击性，但泰介实在太疲惫了，只能轻轻地叹了口气。

他继续滑动屏幕，渐渐地甚至露出了笑容。跳出一张照片，又跳出一张照片，越看越感觉意识模糊。最先出现的是泰介的高尔夫球包，随后出现的是泰介的球杆，然后是泰介家的院子，再然后、再然后——这正是凶手用来发送推文的设备。这也意味着，这里的确是陷阱。

他连挪到沙发旁的力气都没有，当场瘫倒在地，与此同时，闻到了一股异样的腐臭味。不用仔细检查，臭味的来源就是眼前的柜子。他用无力的左手轻轻拉开柜门，首先看到的是苍白的脚趾，然后是大腿。泰介受不了那股臭味，在柜门完全敞开之前关上了。为了躲避腐臭味，他没有坐上沙发，而是背靠着，直接坐在地上。

这下，我就是杀死三个女人的凶犯了。

这场嫁祸太过恶毒，但泰介心中已经没有愤怒了。部分是因为无边无际的疲惫，但更重要的是，他开始从降临在自身的无妄之灾中感觉到一种正当性。他也许的确没有穷凶极恶到亲手杀死这三个人，但也不能逃脱审判。也许一切都是必然。

泰介眼中已经看不到明天，甚至连10分钟后的未来都看不到了。厨房里的巨大液化气罐跃入他的眼帘，气罐上连着一根细细的橡胶管，橡胶管的尽头——泰介站起身，朝厨房走去。

橡胶管的另一头放着厨房点火器，旁边还有一个神秘的徽章和一张手写的便条。

——"如果坚持不住，随时都可以点。这次轮到你被关在黑暗里了。"

泰介用指尖捏起徽章，那廉价的暗淡光芒让他眯起眼睛。他又拿起厨房点火器，转头朝液化气罐望去。气罐上有个能用手转动的阀门。拧开它，液化气会喷出来吗？如果在充满液化气的房间里按下点火器，会发生大爆炸吗？泰介意识到他握着点火器的手有些潮湿，同时终于意识到自从进入房间以来就一直有股淡淡的煤油味道。便条旁边有一条湿毛巾。

这才是凶手的信息吗？如果泰介愿意，随时可以烧掉这栋房子？

泰介的视线再一次落在便条上。

——"如果坚持不住，随时都可以点。这次轮到你被关在黑暗里了。"

　　那么，这张便条上说的"这次"，指的是哪一次之后的"这次"呢？泰介用迟钝的大脑想了半天，怎么也想不出答案。他抓着点火器坐到地上，抬头望向腐朽破烂的天花板。

　　好吧，现实一点。接下来我该怎么办？

　　思来想去，完全看不到光明的未来。

　　即使重新振作，又能逃亡多久？如果被警察抓住，大概会被当作杀害两名女子——不，已经是杀害三个人了——的杀人犯处以极刑。按照青江的说法，新闻报道清一色地把泰介视为凶手，消除误解的可能性小到几乎不存在。走投无路了。既然如此，索性亲手结束一切，或许也是一种选择。或者说，通过自杀来赎罪，岂不是上天赐予自己的最后的仁慈吗？

　　泰介静静地闭上眼睛，仿佛就此睡去。

　　紧接着，入口处的拉门发出了声音。他以为是自己的错觉，但拉门再次传来清晰的晃动声。有人想把门拉开，但是刚才泰介插上了木条做门闩，所以打不开。真凶终于现身了吗？泰介怀着这样的预感，但又感觉谁是真凶已经没那么重要了。谁都无所谓，什么都无所谓了。他盯着拉门的方向，就像看着电视屏幕里的世界。

　　"爸爸。"

熟悉的声音。

"爸爸。"

夏实的声音。

尽管泰介从来没有在抚养孩子上花过什么心思,但亲生女儿的声音他总不至于弄错。听到那声音的刹那,散落在脑海中的所有碎片顿时拼在一起,展现出这场事件的真相。

同时,他也明白了便条上的黑暗真相。

——"如果坚持不住,随时都可以点。这次轮到你被关在黑暗里了。"

目前的情况正和那一天形成完美的对照。泰介把夏实在漆黑的仓库里关了整整一个晚上,就因为她在网上和陌生男人约见。如果有人问他为什么那么做,当时的泰介必定会回答,那是对她的教育。但现在的泰介却意识到,那是彻底的欺骗。

泰介只是因为恐惧。

女儿差一点遭遇无法挽回的伤害,得知这一点时,泰介坠入了永无尽头的无力感中。我该怎么办?怎么想也想不出答案。他没有足够的知识教育孩子如何对待网络,那不是能用体力和武力解决的问题。他一生中习惯于巧妙地寻求正确答案,但这种找不到答案的恐惧让他感到无比狼狈。哪里不对?哪些不能做?谁是坏人?泰介意识到他很难冷静地看清问题的本质,于是放弃思考。最终的结果就是,他决定把一切都束之高阁,连同自己的女儿。

是你的错,好好反省。

把女儿关进狭小而黑暗的仓库,也不告诉她要反省什么。简单粗暴的惩罚。为什么会那么做?——现在泰介终于明白了。

因为自己不配做人。如果把问题的根源归结到他人身上,自然不用多加思考,自己也能过得轻松。

泰介在心中暗暗向门外的夏实道歉。真的很抱歉,错的是我,真正应该反省的是我。我太胆小了,不知道怎样才能保护你,也不知道怎么面对问题,干脆放弃了思考。是我罪孽深重。

"爸爸。"

泰介轻轻拧开液化气罐的阀门,随即传来气体泄漏的声音,仿佛在给这世界掺入噪声。

住吉初羽马

初羽马站在停车场里的汽车旁边,抬头望向笔直升上天空的黑烟。

山上起火了。

由于距离火源很远,初羽马这边并没有感觉到热浪。但那翻滚的浓烟夹杂着火势,仿佛在宣告世界的毁灭。他不知道这场山火与山县泰介的案件有什么因果关系,但也不会盲目乐观地认为两者毫无关联。他不由得咽了一口唾沫。

"你在那儿等我回来。"初羽马按照小樱的盼咐,一边在指定的地方站着,一边搓揉冰冷的手指。

要说煽动,小樱确实煽动了他。最终,初羽马还是答应给她提供帮助。从西肯的样板房出来,载上她,按照她的指示一路开到顺叶绿地。被人指着鼻子骂成那样还要继续当缩头乌龟,算是个男人吗?——虽然没有用那种过时的话说他,但小樱话里话外确实精确到残酷地刺中了初羽马以往也隐约有所意识的要害。

语气、动作、外表,还有社交媒体,越是精心维护,越会有种错觉,仿佛自己正在被抛弃。前进的只有初羽马的躯壳,真正的初羽马停滞在原地。不,不是那样的吧。在他努力思索、试图维护自己的时候,末尾必然会加上一句:我没有错。

他并没有经历什么畅快的转换,也并不是终于意识到了自己的愚蠢。但他知道,如果不在此时此地帮助小樱,住吉初羽马将会变得更加卑微。

在车里,小樱告诉了他凶手的大致特征:年龄、性别,以及大致推定的体形。"我会尽快回来。但如果凶手在我回来之前出现,你要一个人抓住他。"

如果出现的人真和小樱描述的一样,要抓住他好像也并非不可能。但考虑到小樱刚才轻而易举就制服了自己,好像也不能太过自信。初羽马从小就不擅长运动,投篮、踢球,总是会惹来嘲笑声。他确实感到非常羞耻,但也从未想过通过锻炼来克服运动上的不擅长。要是没有体育课就好了,没有体育课就不会有人嘲笑自己了。他不知道现在的自己需要多久才能跑完50米,也不知道他能举起几公斤的哑铃。他不敢完全信任自己的身体。这具身体,住吉初羽马的本体,全都是虚浮的。就在怯懦即将在初羽马的脑海中萌芽时,他甩了甩头给自己鼓劲。

没过多久，出口处现出一个人影。

看到那个瘦小的轮廓，初羽马略带安心地叹了一口气。那人比初羽马的个头还小一圈，怎么看也不像是恶性事件的凶手，但其特征却与小樱描绘的一致。

"……对、对不起。"

初羽马的声音比平时高了八度。他一边感觉羞愧，一边尽力保持不带恶意的音调。他觉得自己不会输，但也不想扭打起来。最好能找个话题缠住来人，然后一直聊下去。小樱总会回来的。如果他们形成人数上的优势，就不用害怕对方反扑了。

"我想请问下——"

话还没说完，凶手已经朝初羽马扑了过来。

这是最坏的情况。那人一开始是快步走，随后变成了全力冲刺。不怕，体格差距这么大，不会被撞飞的。初羽马一边给自己打气，一边摆好架势，但一被来人撞上肩膀他便仰面翻倒。那么小的身体，怎么会有如此大的力气？初羽马试图反抗，随即注意到凶手有着与体形不符的厚实肩膀与粗壮手臂，惧意迅速上升，不知不觉间已经被对方骑在身上，下巴遭受了重重一击。他的脑中震动不已，过了一会儿才意识到挨了拳头。啊，糟糕，说不定会被打得鼻青脸肿。他想要抵抗，但完全无法扭转局面，连反击的机会都找不到。

在下一拳到来之前，有人大喊了一声：

"住手!"

是小樱。

她气喘吁吁,手里的菜刀正指向凶手,刀尖微微颤抖。就连初羽马也能看出来,那不是因为疲劳,而是因为不安和恐惧。就在他以为终于得救的时候,凶手放开了他,转眼冲到小樱面前,飞起右腿踢向她手中握的菜刀。菜刀划出一道抛物线,消失在草丛里。失去武器的小樱连连后退。

"我知道你想让我说什么。"

虽然在颤抖,但小樱盯着凶手的眼神却充满力量。她咬了咬嘴唇,随后坚定地说:

"但我不会说的。你做的事不可原谅,你我都没有资格做那种事。"

小樱和凶手认识?初羽马完全摸不着头脑,但凶手显然被小樱的言辞激怒了,听到她的话,顿时显得怒不可遏,仿佛马上就要扑上去。

初羽马抓住机会,飞扑过去,扯住凶手的右腿。凶手失去平衡,用力蹬腿,想要甩开,但初羽马死死抓住不放。小樱想要趁机制服凶手,但对方的力气很大,她招架不住。初羽马也快没力气了。

可能搞不定了。

初羽马正想是不是该放开手时,远处有人跑了过来。

即使在这样的危急关头，初羽马还是有种看到大明星的惊讶感。来人跑步的样子有些别扭，不知是不是疲惫不堪的缘故，但步伐中依然有种无法形容的魄力。他恐怕是当下日本最出名的普通人了。

山县泰介。

小樱成功救下了他？

凶手仿佛知道泰介加入进来会对自己造成威胁，露出明显的惊惶。初羽马用尽最后的力气按住凶手的右腿，小樱也同样抱住凶手，试图控制住其双臂的活动。凶手拼命挣扎，就在小樱快要抱不住时，泰介的身体撞了上来，把凶手压在下面。他把凶手的头压在地上，死死按住其双臂，不让凶手动弹。初羽马刚要松一口气，准备谢天谢地的时候，却看见近在咫尺的泰介脸色发白，明显虚弱到了极点。初羽马跌坐到凶手的双腿上，防止凶手再次抵抗。

"夏实……"

泰介虚弱地说。

初羽马意识到报警成了自己的责任，于是掏出手机。大约5分钟后，警察出现在他们所在的地方——大善星港停车场。

赶到现场的警察看起来也无法理解事态。一路逃亡的山县泰介，正把一个陌生人按在地上，旁边还有两个年轻男女，不知道和事件有什么关系。而在场的所有人都在喘着粗气。

"凶手不是山县泰介，是这个人。"

口头告知当然不会让警察恍然大悟般地点头附和。他们首先控制住的还是泰介，然后才把泰介按住的那个人一并控制起来，但不是作为女大学生遇害案的嫌疑犯，而是作为街头斗殴的当事人。

"真的很对不起，都是我的错。"

错过这次，可能再也没有机会道歉了。想到这一点，初羽马朝着被塞进警车的泰介大喊。然而泰介完全不明白他在说什么，只是疲惫地看了他一眼。小樱也对泰介说了什么，泰介像是要回答，但在他开口之前，车门关闭，警车驶了出去。

随后凶手也被警车带走了。看到凶手矮小的身影，初羽马终于感觉有些眼熟，他回想自己在哪里看到过这人，随后想了起来。

对了。

今天晨会结束时，在展望台看到的那个别着《翡翠雷霆》徽章的人。

实时检索：关键词"疑似知情的二十岁男性"

12月17日15时21分　过去6小时 3718条推文

悠闲庵
@nottari_an

展开太快，完全看不懂了。谁能解释一下突然出现的这个神秘人物是谁？

> 接到报警，警方赶往大善星港的停车场，发现了自昨日开始持续搜寻的男子，该名男子是尸体发现现场的户主。警方又称，现场还有一名二十岁左右的男子可能知晓某些情况，也被带往大善署协助调查。

【真报新闻网】大善市绞杀案：尸体发现现场的户主与二十岁男性接受调查

猕猴桃@新潟针灸人
@kiwi_shinkyu111

"霉体"能不能说说清楚？警方也应该从开始就公布信息，把人都搞糊涂了。做事能不能认真点？到底谁是凶手，说说清楚啊。什么叫二十岁的男性知晓某些情况，倒是写清楚知晓什么情况啊。

【真报新闻网】大善市绞杀案：尸体发现现场的户主与二十岁男性接受调查

金巴利
@campari1999

哎，什么情况？闹这么大，结果凶手可能不是大帝住宅的人？如果这个知情的二十岁男性才是凶手，那散播流言的人是不是也该一起抓起来？

【真报新闻网】大善市绞杀案：尸体发现现场的户主与二十岁男性接受调查

高桥@投机高手
@takahashi_sedorick5

完全搞不懂。"二十岁左右的男性可能知晓某些情况"，这种写法说明根本没人知道真实情况。

【真报新闻网】大善市绞杀案：尸体发现现场的户主与二十岁男性接受调查

堀健比古

健比古和六浦都惊呆了。

警方接到一个自称住吉初羽马的青年的报警，赶去现场，控制了山县泰介和另一个与他厮打的男子。当然，对那位男子没有逮捕令，仅仅是以协助调查的名义带走了他，不过他对警察没有表现出特别的抵抗。

凶手必定是山县泰介。至于这个男子，虽然不知道是谁，但做完简单的笔录就会释放吧。然而很快出现了若干新的情况，颠覆了这种主流观点。

在山县家仓库发现的装有石川惠尸体的塑料袋上，发现了一个与山县泰介不相符的指纹，而那个指纹与这名男子的小指指纹一致。此外，技术科提出，从受害女子被勒死的角度倒推，凶手应当是身高150～160厘米的人。这次与山县泰介一同被带回的男性，身高刚好是158厘米。

这些情况已经让这名男子成为不容忽视的对象，随后警方又发现他是第25个转发"血海地狱"推文的账号的主人，更不能马上释放他了。大善署公认的最精通审讯的木泽也依照本部的判断，从负责山县泰介转为负责这名男子。

在大善署三楼，警方开始质询一号调查室中的山县泰介和三号调查室中的男子。

首先是笔录中需要记录的基本信息，没完没了的问题让当事人不胜其烦。出生地、户籍地、当前住址、现用名、出生日期、学历、职业——需要1个小时才能全部问完。在此期间，警方又在男子手机的便笺App中发现了寄到山县泰介公司的那封信的内容，第一嫌疑人的身份立刻从山县泰介转移到他的身上。

健比古和六浦来到三号调查室的单向镜外面时，男子还没有招供。

"老实交代，是你干的吧"——木泽不会使用这类强硬的语气，他很擅长扮演同情嫌疑人的角色，由此引出案件的真相。很难过吧，很痛苦吧，真的是很艰难啊。嫌疑人慢慢产生共鸣，不知不觉间有了向朋友倾诉的心情，最终吐露事实。

男子嘴很严。一开始他大概觉得警方对自己不会有什么兴趣，巧妙地回避着问题，要么装傻，要么对清晰的事实做出思考的样子，要么一脸惊讶地说"哎呀我不知道"。但是当顺叶绿地附近田地里设置的摄像头多次拍到他的事实浮出水面之后，他的呼吸开始急促起来，眼睛也变红了。

要招供了。在健比古产生这一直觉的同时，男子哭了起来。

木泽在迂回了一大段废话之后，终于切入正题，首先问他以前是否认识三名遇害女子。男子视线垂在桌上，回答：

"不认识……"

"那为什么要和她们联系，为什么伤害她们呢？"

"……不可容忍。"

"为什么不可容忍？"木泽这样一问，男子的嘴唇颤抖起来。对他本人来说，他的回答也许有着吐露灵魂的觉悟，但在听者耳中，却只是极其无聊的理由。

"只知道享乐的人，不可容忍。人不应该那样生活。我看到网上总结的她们的信息，就知道她们罪大恶极，绝对不能放过。"

"你被她们陷害过？"

"没有……但是她们必须受到惩罚。"

健比古叹了一口气。案件的动机往往微不足道，痴情的纠缠、小矛盾逐渐升级、一时的冲动——但是惹出这么大的乱子，结果凶手就说出这么点动机，实在是很让人愤怒。

不过木泽对这种人也绝不说教。他频频点头表示理解，确保男子的供述更加顺畅。

"这个世界太不公平了，不可容忍。喝着糖水长大的人必须受到惩罚。"

木泽理解般地点点头,然后低头看笔录。"不过刚才听你说,你也有正经工作,工资也还不错?铃下工务店是家好公司,在当地口碑很好,但你还是觉得不公平?"

"我其实不想做现在这份工作,实在是没办法。我有自己的梦想,但是小时候父亲过世了,没钱继续上学,高中毕业就不得不出来工作。有人像我这么不幸,也有人躺着就能赚钱,实在不可容忍。"

原来如此,原来如此,木泽仿佛很理解似的露出温和的表情,但眼神中却毫无笑意。既然嫌疑人敞开了心扉,就要一气呵成地获取信息。

"那么,最初的目的是想杀掉这三个人,嫁祸给山县泰介只是次要目的?"

男子犹豫了一会儿,轻轻点点头。

"不过我也不觉得嫁祸有什么问题。一开始想到这个主意的时候,我就计划嫁祸给他。他……真正说起来,他才是最早出现在我面前的罪人。背地里干着残暴的勾当,表面上还能在大企业里领着高薪、喝着糖水……他是'人渣'中的'人渣'。"

"你是怎么发现山县是那种人的?工务店和住建公司以前有过业务上的往来吗?"

"不是。"

木泽又换了几个问题,但男子始终没坦白他和山县泰介的关系。木泽只得改变方向。

"顺叶绿地的火灾,也和你有关吧?"

男子犹豫了一下,开始坦白说他起初计划用液化气罐制造爆炸,但后来担心里面没气,所以在房间里洒了很多煤油。他还做了一些手脚,保证不管在哪儿点火,都能把整个房子烧掉。被逼到走投无路的山县泰介最好选择自杀,那样案子就会以嫌疑犯死亡而告终——他这样说。

木泽继续点头,简单写了几笔。"话说回来,要让整个案子看起来像是山县泰介做的,需要花费不少功夫。不管是拿到山县的社保卡,用他家的Wi-Fi,还是拿到随身听,都需要进入山县家里。你是怎么做到的?"

"……玄关旁边的花盆下面藏着钥匙,很容易进去。"

"好像是。但我听说只有知道密码才能拿到钥匙,你是什么时候、在哪儿知道密码的?"

"那个……"

说到这里,男子突然停住了。

"……我不想回答。"

"为什么你会自称濑崎晴也这个名字?"

"……我不想回答。"

"你是什么时候知道顺叶绿地山顶上有房子的?"

"……我不想回答。"

"关于怎么知道山县为人的过程,还是不能告诉我吗?"

"……我不想回答。"

不知道是否有什么不想让人知道的情况,或是对自己刚才说得太多感到后悔,男子突然间不再供述。已经说到这个份儿上,全部交代完不好吗?健比古挠挠头,决定先回刑警办公室一趟。他既要整理好信息向上汇报,还要安抚山县泰介的家人。不管怎么说,案子正在逐步解决。悬着的心放了下来,他带着满足感正准备从单向镜前离开,却又不由得停下脚步。旁边有一道带有责备意味的眼神落在他的身上。

是六浦。

他有话想说。虽然他努力掩盖脸上的表情,但眼神却在滔滔不绝地诉说着对健比古的抗议。

"……怎么了?"

健比古带着催促的意思问了一声,但六浦只是轻轻说了声"没什么",皱起眉头。

六浦想说什么,健比古不是不知道。从搜查开始,他就一直坚持凶手并非山县泰介的可能性。他是在对健比古,以及搜查本部表示抗议吧。你们看,我不是说过吗?这句话就哽在他的嗓子里,只是最终没有说出来而已。

"这也是没办法的吧。"

这句话是健比古能做的最大让步,但六浦似乎并不认同。他先是微微偏过头,然后才终于轻轻点点头,像是努力把话咽回去似的。健比古觉得自己还需要多说两句。

"六浦警官,其实你也没有看穿整个案件的情况,对吧?而我呢,也只能从所掌握的那些情况出发,做出最合理的选择。这都没办法,是吧?"

健比古又搂住六浦的肩膀,耳语般地对他说。从昨天开始,这个动作他做了不知道多少次。我们都尽力了。而且案子解决了,这不是挺好的吗?我们都很努力了。回头想想,难道还能再怎么努力吗?

我们两个,从头到尾,都没错嘛。

六浦终于重重地吐了一口气,像是要说服自己似的,慢慢地点了一下头,然后又为失礼的态度向健比古道歉。他顺着健比古的语气说:

"……没错,我们确实很努力了。我们没有任何算得上失误的失误。"

健比古和六浦离开后,木泽和男子的博弈还在继续。男子承认自己就是凶手,但每当话题深入到一定程度,他就会咬紧牙关一言不发。他到底在隐瞒什么?到底有什么事情不想让人知道?木泽和其他搜查员完全无法理解。

木泽执着地与凶手继续对话。

"能不能再和我多说几句？"

木泽盯着男子的眼睛，温和地微笑着。

"江波户琢哉先生。"

住吉初羽马

"之前我说了些很难听的话,真是对不起。非常感谢你的帮助。"

小樱说着,递过来一罐温热的咖啡。初羽马接过来,低头表示该说感谢的是自己。两个人并排坐在大善星港一楼大厅的长椅上,静静地喝着咖啡。

他们都被带去了警察局,不过做完2小时的笔录就被释放了。警方忙着调查山县泰介和江波户琢哉,让他们明天再去大善署。本来警察也可以把他们直接送回家,但初羽马的飞度混动车还停在星港的停车场,所以两人还是回到了这里。

初羽马双手握着咖啡取暖,问道:"我还没弄明白这是怎么回事,能问问吗?"

"请问。"

初羽马把自己的疑问一个个提了出来。小樱对每个问题都给出了详细的解答，丝毫不在意时间。

她确实带了菜刀，但并不是为了杀什么人，只是从家里匆匆跑出来时，除了菜刀没找到别的能做武器的东西。穿洞洞鞋是因为她是翻窗户出来的。她知道自己的打扮不太对劲，但一是赶时间，二是有顾虑，不能走正门。她一开始的目的就是要抢在所有人之前找到山县泰介，把他带去安全的地方。她认为情况发展下去，山县泰介会有生命危险。但就算她大声疾呼山县泰介是无辜的，也不会有人相信，所以只好谎称是受害者的好友。

她在顺叶绿地的废墟中顺利找到了山县泰介。所幸没有发生爆炸，但小小的火苗落在浸透煤油的地板上，把房子点着了。后来她和山县泰介一起跑下顺叶绿地，赶到了初羽马和凶手搏斗的现场。

"你本名是不是叫砂仓纱英？"

"你之前问的时候我就奇怪，她是谁啊？"

初羽马为自己的误解感到尴尬，连忙岔开话题。

"对不起，当时那个'网络交友研讨会'，没有安排环节请你谈谈受害经历，其中可能有点误会。因为你是有动学长介绍来的，我这边没有收到消息……说起来当天也确实没能听你谈，是经历过什么事吗？"

小樱长长地叹了一口气，将视线投向远方。

"我上小学的时候,差点和一个恋童癖见了面。我到了约定好的地方,但是那个人没出现——从结果上说,我有惊无险地避开了直接的伤害,但是后来警察把那件事情告诉了我的家长,我爸爸特别生气,把我锁进仓库里关了一个晚上,让我好好反省……然后过了几天,他还去了学校,在教师办公室里大闹,说女儿差点被人强奸,要学校负责。我爸爸生气起来确实很可怕……他对自己、对别人都很严厉。后来还有流言说我爸爸在接待室把教导主任打昏了——刚巧那段时间教导主任请了病假。还有人说,我爸爸之所以气成那样,是因为女儿实际上已经被强奸了,就算没被强奸也差不了多少。其实根本没那回事,因为我们连面都没见过。但毕竟受了惊吓,所以我请了几天假,再去学校的时候我发现很难熬,只能早退。到今天我都还记得,当时我爸爸正在出差,所以我去了外婆家。回想起来……那就是案件的起因。"

"……案件的起因?"

"全都是我的错。"

说着,小樱擦了擦眼泪,但很快又摇了摇头。

"不。准确地说,明明是我的错,偏偏说'不是我的错',这才是案件的起因。"

小樱的话让初羽马摸不着头脑,但他太累了,无力追问下去,于是摆出一副理解的模样,喝了一口咖啡。

"看到被忘在西肯样板房的那封信，我就猜到凶手是他，也大概知道了他想在'往前入勿动'干什么，所以我才让你赶紧来星港。之前我说过，第二坏的是我，但第一坏的毫无疑问是那个凶手。不过，他也不是……以前的他……他要比我……"

小樱没有继续说下去，呜呜哭了起来。

初羽马喝完了咖啡，又等了20分钟，小樱终于抬起头来。初羽马感觉此刻不适合再继续胡乱打听下去，于是问出一个他最在意的问题。

"对了，小樱小姐的本名是什么？"

"哎？"小樱很惊讶，随后笑了起来，"我找你帮忙，有三个原因。其中两个在样板房那里说过，最后一个原因就是你不知道我的本名——不过话说回来，你是不是有点太迟钝了？"

"……什么意思？"

"樱桃是山形县的特产水果呀，从小我的绰号就是它。"

小樱从长椅上站起身，盯着公告栏上的海报看了一会儿，然后露出感慨的笑容。

"我要看完这个再回去。"

"这个？"

"十年前错过的灯光秀复刻活动。等看完这个……"

小樱缓缓闭上眼睛，然后睁开眼，直视初羽马。

"我要把该说的都告诉爸爸。"

山县夏实

走出顺叶绿地的废墟,和江波碳一起跑下山丘。

他明显比来时要消沉。为了搜寻猥亵女童连环案件的罪犯而建立的假说全部被推翻,估计他大受打击。夏实想象着他的心理,但她好像完全猜错了。

江波碳的愤怒,似乎已经从罪犯完全转向了夏实的父亲。

山县同学什么都不知道,她是受害者。把她关进仓库里,到底算什么意思?太过分了。江波碳半是自言自语,半是像在寻求夏实的赞同。单纯的夏实掩饰不住获得肯定的喜悦。我果然没错,绝对没错。

江波碳表明了对夏实父亲的质疑和愤慨,随后深深叹了一口气。

"我能问个问题吗?"

"什么?"

"山县同学，你为什么假装你爸爸上Twitter呢？刚才你说那是为了证明自己没错，那是什么意思？"

夏实露出了这一天以来的第一个微笑，然后决定把计划好的特别惊喜告诉他。

"我想让爸爸开心。"

"……让爸爸开心？"

"嗯。"

夏实点点头，再次轻笑起来。

"这一次我和网上的人约好见面，结果差点出事，但我并不认为这就说明网上都是坏人。所以我想告诉我爸爸，只要做法没问题，和网友见面也是很棒的经历。我想，等他明白这一点，他就会和我道歉的。他会对我说，'对不起，我错了'。"

"这和你装成他上Twitter有什么关系？"

"我想帮他找很多打高尔夫的朋友呀。"

爸爸在家人面前话不多，所以他在想什么、喜欢什么、讨厌什么，夏实还没怎么弄清楚。但即使是那样的爸爸，肯定也有想要的东西。

高尔夫球伴。夏实看到过好几次，打球前一天缺人时，爸爸慌慌张张到处打电话的样子。偶尔参观学校公开课时，他也会笑着对同学的父亲说"下次一起去打高尔夫吧"。爸爸肯定很需要一起打高尔夫的朋友。

能和素未谋面的人交流各自的兴趣——这才是社交媒体,才是互联网啊。

"所以我要装成爸爸,给他找很多打高尔夫的朋友。然后等到某一天,爸爸自言自语地说'好想打高尔夫啊'——这时候我就说,我来给你介绍几个朋友吧。那时他肯定会很高兴,然后他就会发现,啊,通过网络认识朋友,真的好开心呀。那样的话,他也会发现自己的错误,意识到我没有错。"

夏实想象的未来都是光明的。她的计划一定会成功。总有一天,每个人都会过上幸福的日子,每个人都会意识到她是对的。所以,今后她要继续每天更新那个账号。

回到万叶町附近时,夏实反过来问江波碳。

"我也能问你一个问题吗?"

看到江波碳点头,夏实问出自己私下里很在意的问题。

"刚才在我家上网的时候,你说过一句话,'大家讲的其实全都是一个意思',那是在说什么?大家发的推文都是同样的观点吗?"

"哦,那个啊……"

江波碳在夏实家里上网查找了有关"往前入勿动"的信息。除了"往前入勿动",他还检索了"唐赞之草"之类的词句,调查了大善星港相关的信息,希望能找到什么有用的信息。结果当然没有任何有用的发现。不过江波碳同时也看了差点波及夏实的女童连环猥亵案的报道，以及与之相关的一系列网络文章。"父母太失职了。""孩子上网的时候一定要注意。""我家规定得很清楚。""罪犯不可饶恕。""赶快抓起来阉割。""恋童癖几乎都会犯罪，别废话了赶紧逮捕。""互联网就该实名制，匿名内容一律删除。"

从极端言论到一般言论，江波碳确实接触到了各种信息，但仔细看看，其实什么都没有。所有信息都是基于一个非常单纯的动机编织出来的，都是同一个说法而已。江波碳已经看穿了。

"每个人都只会说'我没错'。"

江波碳的话，像是个小小的玻璃球，在夏实的脑海一角留下某种异物感。

"'我没错。''只有我的价值观是对的。''你说是吧？'——网上只有这样的推文。所以我一定不能成为那样的人，他们都太丢人了，我一定不能变成那样。"

江波碳眼中的世界，也许远比自己看到的更加高尚、成熟。夏实从他的话中莫名感到一种魅力，于是决定诚恳地支持他。"虽然不知道会有多难，但江波户同学——不，江波碳肯定没问题。"听夏实说完这句话，江波碳惊讶地笑了。

"你喊我江波碳了？那我也可以叫你樱桃咯？"

夏实笑着说"当然可以"，江波碳有些害羞地笑着说"还是算了"。"谢谢你,"夏实回想今天的经历,再次向江波碳道谢,"下次江波户同学遇到困难的时候,就轮到我来帮忙了。就像这个——"

夏实说着,想把徽章拿出来,却发现自己把它忘在了"往前人勿动"。她为突然停顿感到尴尬,慌忙解释,然后重说了一遍。

"就像那个正义徽章一样。"

不管发生什么,我都会支持你。夏实露出笑容,相信就算她没说出口,那句台词也会在江波碳的心中回荡。

不知道江波碳是否清楚地接收到了这个信息,他不好意思地笑了,然后望着万叶町的家家户户,重申了梦想。他说总有一天也要建好多好多这样美丽的房子,总有一天也要给山县同学造一栋房子。他一定会发奋学习、加倍努力,成为不输给任何人的建筑师。

周一我能去学校吗?学校里还会有那些讨厌的流言蜚语吗?对为了眼前的问题而倍感困扰的夏实来说,描绘着光明未来的江波碳非常可靠。

"我爸爸在住建公司工作,希望有一天能和江波碳一起造房子。"——夏实的话已经到了嘴边,但又咽了下去。因为爸爸正站在眼前。

他出差回来了。

不出所料，爸爸很生气。不是因为之前的案件还没有收尾，而是因为夏实瞒着外公、外婆和妈妈溜出家门。"大家都很担心，你到底想干什么？"爸爸的语气很严厉，但可能是因为顾虑到旁边的江波碳，夏实能听出他的训斥中带了几分收敛。虽然她对爸爸有些抵触，但眼下这个场合当然不能犟嘴。正准备低头认错请求原谅时，她忽然发现江波碳正在一旁发抖。

"那个，那个……"

起初夏实不知道他为什么发抖，但很快意识到他在对爸爸生气。把山县同学关进仓库一个晚上，太过分了，绝对不能那么做。夏实知道他想用那些好学生的话语拯救自己。不过知道归知道，对五年级小学生来说，别人家的爸爸都实在太可怕了。

爸爸发现夏实旁边的小孩子像是要说什么，于是望向江波碳。虽然只是看着，但成年男性释放出来的威慑力分量十足，加上身高差异，就成了居高临下的睥睨模样。

夏实能真切地感受到江波碳正在努力激励自己为了正义挺身而出，但最终他还是慑服于爸爸的目光，重复了两遍"那个"之后，他开始无声地哭了起来。不知道是不是伤心于自己的不堪，他的右手紧紧抓住别在胸前的《翡翠雷霆》徽章。

爸爸那边好像也不知道该对江波碳说什么。你带着我女儿跑出去想干什么？能看出他既想开口训斥，又不知道在没弄清情况的时候痛骂别人家的孩子是否合适。犹豫到最后，爸爸说出了很生硬的一句：

"你想说什么？"

江波碳擦了擦眼泪，用颤抖的声音回答说：

"我……我觉得很过分。"

在抽泣中挤出来的这句话，爸爸当然没有理解它真正的含义。这时候，他想起需要问一下名字，于是问江波碳"你叫什么名字"。夏实不太清楚江波碳的心中在做怎样的挣扎。在女孩子面前落泪的羞愧，在行凶作恶的人面前无能为力的悔恨，对于坦白自己真名的困惑和恐惧，一切交织混合后，江波碳说出了那个敢于给邪恶定罪、坚持信念、勇往直前的少年漫画主人公的名字。

"……濑崎晴也。"

对于这个神秘少年濑崎，爸爸只是说了声"早点回家"，便把夏实带回了家，然后很快告诉她警方已经抓到了女童连环猥亵案的罪犯。但江波碳沮丧地望着爸爸背影的样子，却深深烙印在夏实的脑海里。

实时检索：关键词"无辜"

12月17日19时52分　过去6小时 31566条推文

板东@企划中心
@obando_bandou 5 y

很好，真名和相貌都被晒到网上的人其实是无辜的，散布流言的人应该被追究责任。很多人指望删号逃跑，但你们一个个都逃不掉。唯恐天下不乱的垃圾全都去死吧。

【真报新闻网】大善市女大学生连环绞杀案　凶手落网"不可容忍"

正仁
@masahito 3040

有人批评本次案件中扩散谣言的人，但是谣言太巧妙了，一般人看不穿的吧。他们能看到的都是谣言，说起来他们也是受害者。有责任的是媒体和警方，是他们没有及时说明无辜者的无辜。

【日电新报在线】大善市杀人案，逮捕的凶手是在工务店工作的二十岁男性

帕夏元素
@pachyanium2001

哎呀，我从一开始就认定那个被曝光的"蜀黍"肯定很无辜，难不成像我这样的是异端？

【真报新闻网】大善市女大学生连环绞杀案　凶手落网"不可容忍"

桂皮
@cnmn_monmonVV

山县先生真的太可怜了，无缘无故被人冤枉，吃了很多苦头。我看过很多人被网络谣言折磨，当年我自己也有类似的经历，真的很痛苦。散布谣言的人请反省到死为止。

【真报新闻网】大善市女大学生连环绞杀案　凶手落网"不可容忍"

山县泰介

泰介也清晰地感觉到了对自己的调查冷却下来的一刹那。

果真如夏实所说，那个被一起带走的年轻人就是真凶？尽管目前泰介还看不到任何可以被称为真相的东西，但他终于能够想象自己获救的未来了。

随着安心感消除了紧张，首先最让他无法忍受的就是右脚脚踝的疼痛。一开始是少许的不适，本以为活动几下就会恢复，但随着时间的推移越发恶化。泰介有点担心，于是告诉警方想看医生，警方很快就去请了医生。"可能是骨折。"很快赶来的医生这么说，于是泰介被送去了市里的综合医院。

果然是骨折了。

脚踝和跖骨都有裂缝。跖骨可能是长距离奔跑导致的疲劳性骨折，脚踝的骨折很可能是因为受到了强烈的冲击。听医生这么一说，泰介心里自然有数，不过他实在没有力气听医生解释。虽说打上石膏就能回家，但还是抵不过无论如何想先睡一觉的欲望。

先联系家人。他当然有这个想法，但最优先的还是让超负荷的身体得到休息。泰介决定赖在病房里过一夜。当然，也有个原因是他不好意思马上面对家人。

到了第二天早上，泰介简直有点沮丧地发现他完全自由了。

今天没有询问了，也没有治疗。打开病房里的电视，正在播报嫌疑犯江波户琢哉被捕的新闻，没有任何关于自己的消息。他恢复了清白无辜的自由之身。稍后警方会做笔录，眼下他可以自由行动，不过除了上班也没什么可做的。

泰介本来深信他会和妻子在热切的拥抱和泪水中重逢，但真正见面时心中却充满了无法言喻的窘迫。"对不起""谢谢你""给你添麻烦了"，说哪一句都可以，但每一句都显得很做作。芙由子大概也是一样的感受，她还没有适应他刚消失一天就重新返回的温差。她在病房里放下换洗衣服，随即去结算医疗费。那背影像是在逃避泰介似的。

换上西装，坐进芙由子的标致车，时间是上午11点。"下班了记得给我电话。今天没排我班，我来接你。夏实说她上午得去上资格考试的强化班，之后还要去大善署，所以赶不过来，不过她说回家以后有事情要说，想让你早点下班回来。我也有话要和你说。"

泰介回应妻子说"知道了",拄着拐杖站在公司楼前。

他没有理睬大厅里挤得满满当当的记者,来到二楼。等待他的是整个支社的道歉。

和前天的情景截然不同,泰介走进办公室的瞬间,所有员工都深深鞠躬,然后他听到了有生以来最响亮的"欢迎回来",雷鸣般的掌声同时响起。高傲的支社长虽然没有说道歉的话,但还是无声地拍了好几下泰介的肩膀,连连点头。紧接着全体科长都为未能相信泰介是冤屈的而道歉。

别这样。我罪孽深重。有那样的遭遇都是自作自受。

泰介诚惶诚恐地应付了前面四五个人的话,但等到二十多岁的年轻人开始道歉时,他的心态发生了变化。

"没能帮忙,真的很抱歉。如果换成我,可能早就被不知道哪个YouTuber暴打一顿了。我非常佩服山县部长不屈不挠的精神。"

"今天早上的新闻中报道了山县部长跑过的距离,太让人震惊了。我以前嘲笑过'气势'和'毅力'这两个词,但是现在觉得很羞愧,我重新认识到真的有像您这么厉害的人。今后还请您多多指导。"

"很抱歉怀疑您。在逆境中也不屈服的心,实在是很了不起。您太厉害了,非常了不起。"

这些话语刹那间修复了泰介心中的裂痕。他想起来了。自己是大帝住宅大善支社的营业部部长，是身穿西装、领导这么多属下的精英人士；接受过良好的教育，在大公司担任要职、领取高薪，是社会不可或缺的优秀人才。枯萎的内心获得了充足的养分，再度茁壮成长起来。

是啊，难道不是吗？

泰介开始感觉几小时前的他很可笑。为什么我会变得那么自卑？为什么没想到没有几个人能在那种绝望的情况下逃脱呢？"如果换成我，可能早就被不知道哪个YouTuber暴打一顿了"——这话说得一点也没错。现在的年轻人从来不运动，哪里能比得上自己？真是所谓的穷困会使人变笨。越是走投无路，越是会胡思乱想。受害的是我，为什么我要向别人道歉？

"您真厉害，能说说您是怎么逃脱的吗？"

等到野井这么问的时候，泰介终于按捺不住了。该从哪里说起呢？泰介回想自己的逃亡。最大的亮点在哪里？弃车狂奔去小酒馆的一路？还是放弃虎头夹克选择防寒夹克的判断力？或者是用高尔夫球标制造声音逃脱YouTuber魔爪的头脑？不，应该是从6米高的悬崖上成功降落到西肯的过程。

该从哪个英雄事迹说起呢？

正当泰介面带笑容思考时，一名员工来到旁边。是独栋住宅部门的年轻人。他没有向泰介道歉，而是朝野井低下头，悄声汇报说：

"对不起，您说下午必须用的资料，还是没找到……"

听到这话，泰介想起两天前的事。那天也是这个年轻人没找到重要资料。泰介正准备发表一番演讲，这时候也没了兴致，他忍不住很想训斥几句。你怎么管理资料的？三天两头丢东西，谁能信任你？野井赶在泰介前面发火了。

"你在搞什么……原来放哪儿了？"

"原来好好地放在纸箱里的……"

"纸箱？"

"是的。后面仓库里有很多西肯多余的纸箱，我是用它们来管理的。本来我想申请买一些管理文件的柜子，但是以前部长说过要珍惜资源，就想改用纸箱。本来纸箱都是按区域分好，排在桌上的……"

所有纸箱都不见了。

听到这些，泰介不由得感觉很不自在，他把重心从左腿移到右腿，刹那间剧痛如同电流般穿过，他赶忙又把重心移回左腿。

骂他一顿会有什么问题吗？泰介想了想，没有任何问题。谁都不知道，这里没人知道自己曾经用严厉的语气要求保洁阿姨把公司里所有的西肯纸箱都处理掉。

那我该怎么做？我能做什么？右腿又传来剧痛。泰介拍了拍野井的肩膀。

"对不起野井,这个可能是我的错。"

话音刚落,整个楼层仿佛静止了。所有人都用惊讶和疑问的眼神盯着泰介,像是以为他被什么东西附身了似的。泰介意识到,这时候不能用什么玩笑话糊弄过去。

"有件事情必须说明,能占用各位一点时间吗?"

泰介的心回到了十年前自家院子的仓库里。对不起,请原谅。泰介把哭泣的女儿关进去,锁上挂锁。他相信这是教育,但实际上,在未知的事态前,他比任何人都困惑。谁有错?女儿有错,没有好好管教女儿的妻子也有错,没有教育学生怎么使用网络的学校更有错,他要去投诉。

泰介慢慢闭上眼睛。为了不忘记那种疼痛,他将体重移到右腿上。

他一边对支社长和下属们讲述,一边思考未来。芙由子说得没错,今天要早点回去,要把自己的想法都告诉她们。向芙由子、向夏实,说出迟到了十年——不,对芙由子来说,那是迟到了二十年的话。

泰介露出淡淡的微笑,重新环顾整个楼层。

"最后,"他总结道,"有哪位精通网络的人……特别是年轻人——"

泰介真诚地、谦逊地表达出内心的愿望。

"请一定要教教我怎么上网。"

山县泰介

泰介想过可能刹那间发生大爆炸,但扣动扳机的瞬间,点燃的只有在点火器尖端摇曳的小小火苗。他当然没有强烈的死亡意愿,只是自暴自弃地希望一切尽快落幕。够了吧,都结束吧。有点泄气的泰介再次扣下扳机。但他试了三次,也没发生液化气爆炸。

要用这个吗?

泰介拿起放在便条旁边的湿毛巾,用鼻子闻了闻上面的液体。是煤油。搞清楚了这个,他把点火器凑到毛巾上,轻轻扣下扳机。

"爸爸!"

"咚"的一声巨响,但不是小屋爆炸的声音。外面的夏实用身体撞开了拉门,拉门砰然倒下,涌进来的空气卷起地上的尘埃。泰介在震惊的同时,感觉到左手传来非同寻常的热量。毛巾烧起来了。他反射性地放开手,毛巾掉落的地方迅速燃出火焰。

在极度的疲劳和迷惑中,泰介仿佛事不关己似的望着围在自己身边燃烧的火焰。他的生命会在这里如此结束吗?这样好像也不错。不不,他的人生注定就该这样结束。泰介本来已经逐渐放弃,但他看到了夏实拼命灭火的样子,终于恢复了理智。与此同时,他对于自己竟然曾经怀疑女儿才是凶手,感到强烈的羞愧和滑稽。

夏实努力用房间里的布和穿的衣服阻止火焰蔓延,但终于发现无法挽回,便抓起泰介的手。然后大概是怕凶手留下的东西被烧掉,又拿起便条和徽章。她环顾室内,像是在看还有什么需要抢救的东西,但这时候黑烟已经弥漫开来。

被夏实拽到屋外的时候,泰介想起关在柜子里的第三具尸体。但已经回不去了,黑烟已经变成了冲天的巨柱,熊熊燃烧的火焰散发出高热,让人几乎忘记冬日的严寒。

"果然都是……"

夏实咬着嘴唇嘟囔了一句,盯着徽章和便条看了半晌。然后她像是忽然想起什么似的,掏出手机打起了电话。泰介当然不知道电话那一头是谁,只听到夏实用坚定的语气让那人赶紧去星港,并且断言凶手就在那里。她还说凶手是和她同龄的男性,不过很久没见了,不知道现在长什么样子,但是估计个头不会很高。如果找到他，一定要拦住，最好能抓住他，她会马上过去。夏实打完电话，又焦急地对泰介说："快开车。"

在西肯公司的车里，夏实告诉泰介，一连串事件的责任都在自己身上。泰介不知道夏实在说什么，他在脑海里组织语言，想说不是那样，他也有相应的责任，但话到嘴边还是被羞愧和面子挡住了。在夏实的催促下，车速远远超过了限速。在身心都已经疲劳到极限的情况下，他必须集中全部精神避免发生事故，实在没精力斟字酌句了。

"凶手故意留下了几条只有我知道的信息，希望我注意到。"

泰介没力气再问个仔细了。他瞥了一眼副驾驶座，夏实正盯着在小屋里捡到的那个徽章看。她仿佛心有感触，但又有些怨恨似的眯起眼睛，最后她长长地叹了一口气，在即将抵达星港的时候开口说：

"爸爸，这个给你。"

泰介没顾得上看，但知道她把徽章递给了自己。

"怎么了？"泰介低声问。

"它是个证明，拥有它的人不会是坏人。虽然只能骗骗小孩子。"

找拒绝的理由也很麻烦，泰介姑且伸出手接了过来。看到星港停车场的指示牌，他也没打转向灯，直接左转过去。星港是个旅游景区，但几乎从未出现过繁华的景象。泰介把车开进空荡荡的停车场，找了个最方便的位置停下，飞快关上发动机。好了，马上跳出去跑去星港大门吧——他刚这么想的时候，夏实已经打开车门跳出去了。

"爸爸。"

夏实的语气很郑重。她的后背挺得笔直，如同谢罪一样深深鞠躬。

"真的很对不起。爸爸，你在这里等我。一切责任由我承担。"

泰介握着方向盘，怔怔地看着夏实跑出去。他并不打算听女儿的话在这里休息，只是大脑跟不上这突如其来的发展。虽然只有短短几秒，但在泰介心中却像是瞬息数年。

令他惊讶的是，首先回想起来的是和芙由子的相识。在大帝住宅町田市店，泰介被那位皮肤白皙的事务员吸引，邀请她共进晚餐。经过三年零两个月的交往，泰介向她求婚，开始了婚姻生活。很快，夏实出生。虽然并不是从听到第一声啼哭的刹那就心生感触，但在有了孩子之后不久，泰介心中便涌现出一种成就感，或者说是一种感慨：他终于有了完整的家庭。

为什么会想起这个呢？不需要冥思苦想，泰介对答案明白得不能再明白。所有道路汇聚成了今日的壮丽因果。夏实说她会承担责任。看着她奔跑的背影，泰介咬紧牙关。

说什么傻话。

泰介跳下驾驶座，紧追在夏实后面。

就算这起事件真的如她所说，全都是她的责任；就算泰介没有任何过错，完全是无妄之灾。就算果真如此，也是所有的选择将他引到了今天。在今天发生的事件，到底是从何时开始的？昨天？十年前？还是更遥远的过去？找借口是方便，但可悲。不是我。只要能说服自己，自然能轻松地推卸责任。然而如果连这点责任都不承担，他还算什么父亲？如果不能为女儿闯的祸收尾，他今后还如何抬头挺胸地生活？

跑起来之后，泰介才发现自己的身体早已超出了极限，连小小的隔断台阶都跨不过去，脚踝的剧痛让他差点叫出声来，身体重重摔在地上。哪个神经病搞了这么难走的台阶？不管情况有多紧急，他还是会反射性地抱怨别人。泰介忍不住笑了起来。

他随即站起身，装作没注意到自己的骨折，继续跑了出去。

同时，他把握在左手的徽章扔了出去。

向着停车场旁边的茂密草丛，向着谁都够不到的地方，用尽全力。

文治

磨铁图书旗下子品牌

更好的阅读

监　　制　潘　良　于　北
产品经理　胡马丽花
责任编辑　陈　吉
文字编辑　王香力
版权支持　冷　婷　李孝秋　金丽娜
营销支持　金　颖　于　双　黑　皮
封面设计　沉清Evechan

官方微博：@文治图书
官方豆瓣：文治图书
联系我们：wenzhibooks@xiron.net.cn

图书在版编目（CIP）数据

明明不是我！/（日）浅仓秋成著；丁丁虫译．— 广州：广东旅游出版社，2024.3

ISBN 978-7-5570-3010-0

Ⅰ.①明… Ⅱ.①浅… ②丁… Ⅲ.①推理小说—日本—现代 Ⅳ.① I313.45

中国国家版本馆 CIP 数据核字（2024）第 029762 号

著作权合同登记号　图字：19-2023-343 号

OREDEWA NAI ENJO
© Akinari Asakura 2022
All rights reserved.
0riginal Japanese edition published in Japan in 2022 by Futabasha Publishers Ltd., Tokyo.
Simplified Chinese translation version published by Beijing Xiron Books Co., Ltd.
Under licence from Futabasha Publishers Ltd.

明明不是我！
MING MING BU SHI WO！

出　版　人：刘志松
责任编辑：陈　吉
责任技编：冼志良
责任校对：李瑞苑

广东旅游出版社出版发行
地址：广州市荔湾区沙面北街 71 号首、二层
邮编：510130
电话：020-87347732（总编室）　020-87348887（销售热线）
投稿邮箱：2026542779@qq.com
印刷：三河市中晟雅豪印务有限公司
（地址：河北省三河市泃阳镇错桥村）
开本：880 毫米 ×1230 毫米　1/32
字数：192 千
印张：10.125
版次：2024 年 3 月第 1 版
印次：2024 年 3 月第 1 次印刷
定价：59.00 元

【版权所有　侵权必究】

如发现图书质量问题，可联系调换。质量投诉电话：010-82069336